经 典 照 亮 前 程

# Marianne Moore

**Complete Poems**

# 玛丽安·摩尔
# 诗全集

陈东飚　译

华东师范大学出版社
·上海·

　　玛丽安·摩尔 1887 年 11 月 15 日生于密苏里州科克吾德（Kirkwood），青年时代大部分时间在宾夕法尼亚州卡里斯勒（Carlisle）度过。1909 年从布林·毛尔学院[1]毕业后，她在卡里斯勒印第安学校[2]任教四年。她的诗歌最初于 1915 年发表在《自我主义者》[3]和《诗歌》[4]杂志上，而她于 1918 年迁居纽约市。她的第一本书——《诗篇》（*Poems*），由自我主义者书局于 1921 年在英格兰发行。《观察》（*Observations*），三年后在美国出版，获日晷奖[5]。1925 至 1929 年，她担任优秀的美国文学期刊《日晷》的执行编辑。1929 年，她迁居纽约布鲁克林（Brooklyn），并在那里居住了三十六年。1955 年的《诗选》（*Selected Poems*），

---

1. Bryn Mawr College，宾夕法尼亚州一女子艺术学院，创建于 1851 年。
2. Carlisle Indian School，寄宿制印第安人技术学校，创建于 1879 年。
3. *The Egoist*，1914—1919 年的伦敦文学期刊。
4. *Poetry*，创办于 1912 年的芝加哥诗歌月刊。
5. 由 1840—1929 年的美国文学政治期刊《日晷》（*The Dial*）于 1920 年代颁发的文学奖。

由 T. S. 艾略特[1]作序，令她的作品获得了更大范围公众的注意。

在另外三部诗歌作品之后，1951 年，《诗集》（*Collected Poems*）获博林根奖[2]、国家图书奖[3]和普利策奖[4]。之后她又出版了一部《拉封丹寓言》（*Fables of La Fontaine*）全集的韵文译本、一部批评文集，及另外三部诗集。

玛丽安·摩尔所获的诸多奖项包括国家艺术文学学会诗歌金质奖章（National Institute of Arts and Letters Gold Medal for Poetry）、美国诗歌协会杰出成就金质奖章（Poetry Society of America's Gold Medal of Distinguished Achievement），以及国家文学奖章（National Medal for Literature）——美国最高文学荣誉。她自 1947 年起为国家艺术文学学会的成员，并于 1955 年入选美国艺术文学院（American Academy of Art and Letters）。1967 年，她被法兰西共和国封为艺术与文学骑士（Chevalier de l'Ordre des Arts et des Lettres），1969 年，她获得哈佛大学（Harvard University）的荣誉文学博士学位，她的第十六个荣誉学位。玛丽安·摩尔于 1972 年 2 月 5 日，八十五岁时在纽约逝世。

---

1. Thomas Stearns Eliot（1888—1965），美国诗人、作家、批评家。
2. Bollingen Prize，由耶鲁大学贝内克珍本书稿馆（Beinecke Rare Book & Manuscript Library）颁发的诗歌奖。
3. National Book Award，美国国家图书基金会（National Book Foundation）颁发的年度文学奖。
4. Pulitzer Prize，美国哥伦比亚大学（Columbia University）颁发的新闻报道、文学成就与音乐创作奖。

献给路易丝·克兰[1]

---

1. Louise Crane（1913—1997），美国慈善家，玛丽安·摩尔的友人。

省略并非偶然。

M. M.

# 关于文本的一则注释

　　文本于现时尽可能地遵从作者的最终意向。写于本书初印之后的五首诗已被收录。后期获认准的修正，以及较早获认准而未作出的修正，均已被纳入。由编辑、校对员或排字员略作改动的标点、连字符和诗行排列均已被还原。编辑对注释的误导性扩充已被删除。

克里夫·德莱佛[1]

---

1. Clive Driver（1935—1999），玛丽安·摩尔的文学执行人。

目录

# I. 诗集（COLLECTED POEMS, 1951 年）

## 诗选
### （SELECTED POEMS, 1935 年）

# 何为岁月

## （WHAT ARE YEARS, 1941 年）

## 无论如何

### （NEVERTHELESS，1944 年）

## 后期结集

### （COLLECTED LATER，1951 年）

# II. 更晚的诗（LATER POEMS）

## 如一座堡垒
### （LIKE A BULWARK, 1956 年）

## 哦化作一条龙
### （O TO BE A DRAGON, 1959 年）

## 告诉我，告诉我
### (TELL ME, TELL ME, 1966 年)

## 迄今未结集之作
### （HITHERTO UNCOLLECTED）

## 选自
拉封丹寓言
（THE FABLES OF LA FONTAINE，1954年）

# I. 诗集（COLLECTED POEMS，1951 年）

献给玛丽·华纳·摩尔（1862—1947）[1]

---

1. Mary Warner Moore，玛丽安·摩尔的母亲。

# 诗选 (SELECTED POEMS, 1935 年)

# 塔顶作业工

丢勒[1]大概会看到一个理由来生活
　　在这样一个镇上，有八条搁浅的鲸鱼
可观；有海的甘甜之气进入你的房子
在一个晴朗之日，那水面蚀刻的
　　波浪规整有如鳞片
在一条鱼身上。

一个接一个三三两两地，海鸥不断
　　在镇钟的上空飞来飞去，
或航行于灯塔周围翼翅不动——
平稳地升起只微微
　　颤动一下身体——或簇集着
咪咪叫，此地

一片孔雀脖颈之紫的海被
　　淡化为泛绿的蔚蓝如同丢勒变
蒂罗尔[2]的松绿为孔雀蓝与珍珠鸡
灰。你可以看见一只二十五
　　磅的龙虾；以及渔网排好了
来晾干。那

---

1. Albrecht Dürer（1471—1528），德国画家、数学家、神学家。
2. Tyrol，奥地利西部省份。

暴风雨的旋风笛鼓[1]弯折盐土

　　沼泽的草，搅扰天上的星星和

尖塔上的那颗星；那是一份特权，看见这么

多的混乱。披着或许呈现

　　为相反之物的伪装，那海-

边的花朵和


树木受惠于雾这样你便有了

　　第一手的热带：凌霄花，

毛地黄，巨大的金鱼草，一枝蛾蝶花上有

斑与纹；牵牛，葫芦，

　　或月光藤缠在钓鱼线上

在后门：


猫尾草，菖蒲，蓝莓和紫露草，

　　条纹草，地衣，向日葵，紫苑，雏菊——

黄色与蟹爪参差的水手帽带绿色的苞片——大花犀角，

矮牵牛，羊齿草；火百合，蓝

　　百合，虎百合；罂粟；黑香豌豆。

气候


不正确，对于菩提树，素馨花，或

　　木菠萝树；或是对于异国的蛇形

生命。环蜥蜴和蛇皮来裹脚，你觉得合适就行；

但在这里他们拿猫，不是眼镜蛇，来

　　防老鼠。怯生生的

---

1. Fife-and-drum，军乐队配备的横笛加战鼓。

小蜣螂

有小白圆点缀于黑色横向有间-
　　隔的箍圈之上，活在此地；却无物
可为野心所收买或取走。那个大学生
名叫安布罗斯坐在山坡上
　　带着他的非本土书籍和帽子
看见船只

在海上行进又白又刻板仿佛是沿着
　　一条沟槽。中意一种优雅，其
来源并非虚张声势，他心里知道那古旧的
糖碗状凉亭，由
　　交错的板条搭成，以及
教堂尖顶的

最高点，并不真实，从那里一个衣着鲜红的男子放
　　下一根绳子如一只蜘蛛纺一根线；
他或许是一部小说的一部分，但在人行道上一块
牌子上写着 C. J. 普勒，塔顶作业工，
　　黑底白字；又有一块用红底
白字写道

危险。教堂的门廊有四根刻有凹槽的
　　柱子，每根都是单独一块石头，被
粉刷得更谦恭了。这大概会是一个合适的港湾给
流浪者，儿童，动物，囚犯，
　　以及总统，他们报复

罪恶驱使的

参议员的方式是不考虑他们。这个
　　　地方有一间校舍，一个邮局在一家
商店里，鱼棚，鸡舍，一艘三桅
　　　纵帆船在
船坞之上。那主角，学生，
　　　那个塔顶作业工，各循其道，
得其所哉。

不可能有什么危险，生活
　　　在这样一个镇上，都是些简单的人，
他们让一个塔顶作业工把危险标志放在教堂边
而他正用金镀着那颗硬-
　　　尖的星星，它在一座塔顶上
代表希望。

# 英雄

哪儿有私人的喜好我们就过去。

　　哪儿地是酸的；哪儿有

　　豆茎高的杂草，

　　蛇的皮下之牙，或者

　　风携着"吓坏宝宝声"

　　出于被忽视的紫杉，上嵌

　　猫头鹰的半珍贵猫眼——

醒着，睡着，"竖起的耳朵延伸到细细的尖梢"[1]，诸如

此类——爱不会生长。

我们不喜某些事物，英雄也

　　不喜；背离基石

　　与不确定；

　　去一个人并不希望

　　去的地方；受苦而不

　　这样说；站着倾听某物

　　躲藏在何处。英雄缩小

当它的所是乘着被蒙住的翅膀而飞，以双生的黄

眼睛——来来回回——

以颤动的水哨音符，低，

---

1. 美国鸟类学者克兰达尔（Lee Saunders Crandall，1887—1969），"猫头鹰（The Owls），"《纽约动物学会公报》（*Bulletin of the New York Zoological Society*），1930 年第 33 期。

高，发出低音-假声的唧啾

直到皮肤发颤。

雅各临死时，问

约瑟：这是谁？并祝福

两子，小的最多，惹恼约瑟[1]。而

约瑟对于某些人又是可恼的。

辛辛那图斯[2]曾是；雷古卢斯[3]；还有我们的一些同侪

之人也曾经，尽管虔诚，


像朝圣者一样必须慢行

来发现他的经卷；疲惫却充满希望——

希望不是希望

直到希望的所有基础都已

消失；还有仁慈，查找着

一个同伴生物的错误而心怀

一个母亲的情感——一个

女人或一只猫。高雅的身披僧袍的黑鬼

在岩穴边


回答那个无畏观光的流浪者

她问与她相伴的男人，这是什么，

那是什么，马莎[4]在哪儿

落的葬，"华盛顿将军

---

1.《圣经·创世记》48。

2. Cincinnatus（公元前519？—公元前438），古罗马政治家。

3. Regulus（？—公元前250），古罗马将军、政治家。

4. Martha Washington（1731—1802），第一任美国总统乔治·华盛顿（George Washington，1732—1799）的妻子。

在那儿；他太太，在这儿"，说话
　　像在一出戏里——并未看见她；以一种
　　人类的尊严感
和对神秘的崇敬，站立如柳树
的阴影。


摩西不会是法老之孙。
　　并非我的食用之物就是
　　我天然的血肉，
　　英雄说道。他的所见
　　并非一道景观而是岩石
　　可见的晶亮之物——惊人的埃尔·格列柯[1]
　　满溢着内在的光——它
从不垂涎它已释放的东西。这一个你由此可知
是为英雄。

1. Doménico Theotocopulos（1541—1614），以 el Greco（即"希腊人"）闻名，
西班牙画家、雕塑家、建筑师。

# 跳鼠

太多了

一个罗马人令一个
艺术家，一个自由民[1]，
 设计一个锥体——松锥
 或冷杉锥——带一座喷泉的洞眼。置于
  圣安吉洛监狱[2]，这个锥体
  属于那些庞培[3]，如今

以教皇闻名，被误认
为艺术。一块巨大的铸造
 青铜，令梵蒂冈的花园里的
 孔雀雕像成为侏儒，
  它貌似一件艺术品，造来献
  给一个庞培，或是底比斯[4]的

本地人。其他人可以
建造，也理解
 制作巨像及
 如何使用奴隶，养鳄鱼并置

———————————

1. Freedman，被解放的奴隶。
2. Prison of St. Angelo，原为罗马皇帝哈德良（Hadrian，76—138）为自己兴建的陵墓，14 世纪后被各任教皇用作要塞、城堡及监狱，现为哈德良博物馆。
3. Pompey（公元前 106—公元前 48），罗马将军、政治家。
4. Thebes，古埃及中王国与新王国时代都城，遗址位于今卢克索（Luxor）城内。

狒狒于长颈鹿的颈上以摘

水果，并使用蛇巫之术。


他们令手下人绑

河马

并遣有斑点的狗-

猫来追羚羊，犬羚，和巨角山羊；

或使用小鹰。他们尽视为己有，

黑斑羚和野驴，


野生鸵鸟群

其足坚硬，鸟

颈高高插

回尘土里像一条蛇准备出击，鹤，

獴，鹳，倭水牛，尼罗鹅；

还有花园来放这些——


结合平面图，日期，

酸橙，和石榴，

在林荫大道——有方形

池子的粉色花朵，驯鱼，和小青蛙。另有

染成靛青的纱，和红棉，

他们有一种亚麻，他们把它纺


成细亚麻布

绳索给快艇桨手。

这些人喜欢小东西；

他们给男孩成对的小玩意如

満窝的蛋，埃及獴和蛇，桨
和筏，獾和骆驼；

并做玩具给他们-
自己：皇室图腾；
　　和梳妆盒，标
　　有内容。君王与贵妇置鹅油
　　妆品于圆形骨盒之中——旋
　　盖刻有一枚鸭翼

或回转的鸭-
头；藏于一只雄鹿
　　或犀牛角内，
　　角粉；而蝗虫油则在石蝗之中。
　　这是一幅微距图片；
　　关于匮乏，关于及时的

助力，来自尼罗河的
慢慢上涨，正当
　　猪尾巴的猴子在
　　平板抓手上，步法罗圈松垮，而那黝黑的
　　花花公子望着茉莉花的双叶嫩枝
　　和花蕾，仙人掌垫，和无花果。

各处的侏儒，借
予一种显而易见的
　　诗歌，青蛙灰，
　　鸭蛋绿，茄子蓝，一种幻想

　　　　　和一种逼真，适于
　　　　　那些，在一切地方，拥有


威压穷人之权力的人。
蜜蜂的食物就是你的
　　　　　食物。那些打理花-
　　　　　圃和马厩的人就像国王的手杖呈
　　　　　　一只手的形状，或折叠卧室
　　　　　　为他的母亲而造，后者


他十分衷情。王子
身着王后的衣袍，
　　　　　马蹄莲或矮牵牛
　　　　　白，边缘颤抖，而王后穿着一件
　　　　　　国王的精织斜纹线的衬裙如丝-
　　　　　　蚕内脏，当养蜂男和挤奶-


女，养神圣的奶牛
和蜜蜂；石灰石的额眉，
　　　　　和金箔的翅膀。他们制作了
　　　　　玄武岩的蛇与甲虫的肖像；那
　　　　　　国王把自己的名字交给它们而他得名
　　　　　　也是缘于它们。他怕蛇，并驯服


法老之鼠，锈-
背的獴。未造它的
　　　　　胸像，但有
　　　　　属于老鼠的愉悦。它的焦躁不安是

它的卓越；它因机智而获赞；

而跳鼠，像它一样，

一只小小的沙漠之鼠

并不出名，即使

　　无水也能活，拥有

　　幸福。出外觅食，或宅

　　　于自己的洞穴，撒哈拉地鼠

　　　有一幢闪亮的银色房子

由沙筑成。哦平安与

喜乐，无边的沙，

　　硕大的流沙坑，

　　　没有水，没有棕榈树，没有象牙床，

　　　　微小的仙人掌；但谁也不愿成为他

　　　　他所有的无非是众多。


丰富


阿弗里加努斯[1]意为

征服者，遣

　　自罗马。它应该意指那

　　未遭殃者：沙棕色的跳跃之鼠——生而自由；以及

　　　黑人，那优等种族有一种优雅

―――――――――

1. Africanus，即大西庇阿（Scipio Africanus，约公元前236—公元前184），罗马统帅，曾入侵北非，征服迦太基。

不为一个人的无知所知。


部分属地，

而又部分属天，

　　雅各看见，棒杆

　　有爪手——空中阶梯与空中天使[1]；他的

　　　　朋友是石头。半透明的错误

　　　　属于沙漠，并不制造


苦难给一个

可以休息的人然后做

　　相反之事——起飞

　　如插双翅，从它火柴般细的后腿，在

　　　　白天或夜里；以尾巴为一个砝码，

　　　　因速度而起伏，笔直。


在光天化日被观看，

下腹的白，

　　尽管背上的毛皮

　　是淡棕黄色像浅褐胸口的凉亭鸟

　　　　的胸口。它蹦起来就像那浅褐之物，但有

　　　　花栗鼠的轮廓——在它转动


它的鸟头时就觉察得到——

那绒毛整齐地

---

1. 参见《圣经·创世记》28：12 "梦见一个梯子立在地上，梯子的头顶着天，有神的使者在梯子上，上去下来"。

指向后面并与耳朵

相融合，后者更强化身体的

微小。尾巴上的细毛，

重复别的苍白


标记，延伸直到

在尖端它们蓬起

成为一簇——黑与

白；简化造物的奇怪细节，

鱼形并镀银成钢，凭借

沙漠的巨大月亮之力。追


跳鼠，或者

掠夺它的食品库，

你便会受到诅咒。它

披上沙的颜色来尊崇它；

合起的上爪似乎与毛皮是一体

在它逃离一个危险之时。


五等分和七等分

在两种长度的跳跃中，

像不均匀的音符

出自贝都因[1]长笛，它停下它乘着

小脚轮的拣拾，并打下蕨草芽般的

脚印，以袋鼠速度。


---

1. Bedouin，沙漠里游牧的阿拉伯部落成员。

它的跳跃应该设

成六孔竖笛；

柱体直立

于一个三角形动作流畅的齐彭代尔式[1]

　　爪子上——以后腿支撑，尾巴作为第三个脚趾，

　　在去往它洞穴的跃步之间。

---

1. Chippendale，一种 18 世纪的橱柜式样，源自英国橱柜制造者齐彭代尔 (Thomas Chippendale，1718—1779)。

# 萨宾纳[1]山茶花

　　和波尔多[2]梅子
来自马尔芒德[3]（法国）带括号并
有 A．G． 在瓶底——阿莱克西·戈蒂约[4]——
不均匀地吹在一个泡泡旁边
举到光下是绿色的；它们
是精美的一对；螺旋顶
　　给这嫁接生长的石楠黑色花朵
在黑刺李的鸽血之上，
　　就像加尔都院[5]一样，被封以铝箔。恰当的习惯。

　　而同样被他们保留在
玻璃下面的，是根据横过叶片的
线条归类的种种山茶花。法国人是一个残忍的种族——愿意
压榨餐客的黄瓜或烧烤一
餐于藤蔓的嫩芽之上。Gloria mundi[6]
生一叶两英寸，九行
　　宽，他们拥有；而较小的，
萨宾纳山茶花
　　生鹅膏菌白的花瓣；她有好几个

---

1. Sabina，意大利中部一地区。
2. Bordeaux，法国西南部城市及周边地区。
3. Marmande，法国西南部城市。
4. Alexis Godillot（1816—1893），法国企业家，以其工厂制造的军鞋著名。
5. Certosa，基督教加尔都西会（Carthusian Order）的寺院。
6. 拉丁语："世界荣光"，即灌丛月季。

苍白的销轮，和苍白
的条纹看上去仿佛在一只蘑菇上
铺设了来自一支被雕刻成玫瑰的甜菜根的细片。"擦干
窗户，用一块布系在一根棍上。
在茶花屋里必定
不可有火炉的烟，或露水在
　　窗上，以免植物得病，"
外行被告知；
　　"错误无可弥补，做什么都没用。"


　　一枝无气味的花束
便如此形成于其中，那花丛
来自瓶，桶和软木塞，给六千四百万红酒
和二千万白酒，波尔多商人
和律师"已然花费了大量
心思"去挑选，从是
　　与不是波尔多的当中。一只
食用葡萄，然而——"生
　　于自然与艺术"——是葡萄假日的真实基础。


　　一只野鼠的
食物在某些国家是野生欧洲防风草-向日葵-或
牵牛花-籽，偶尔是一只
葡萄。在意大利博尔扎诺[1]葡萄的
藤蔓之下，众尾之王

———————————

1. Bolzano，意大利北部城市。

或许会漫步。那边的老鼠捧一只

　　葡萄在手并将自己的孩子

衔在口中，难道描绘的不是

　　西班牙羊毛挂在脖子上？在那堆得满满的


　　食品橱柜里，你头顶上

那个，你将会食用之物的图片

被人从大街的尽头观望。铁丝笼被

锁上了，但通过俯身细察

顶部，很可能看得见

波斯思想的哑剧：那

　　镀金的，太紧不端庄的

珍宝外层，并未毁于

　　雨水——每一小块拒绝成熟的玉石，


　　都被精细地摘

下。取下珠宝并非旨在阻止汤姆

大拇指[1]，骑兵学员，骑在他的意大利高地

田鼠背上，不让他看那些葡萄，在

它们透出而被遮断的光下，并

在帐篷的 *concours hippique*[2] 中

　　来回奔跑，在骚动的

鳗鱼，扇贝，蛇，

　　和来自绿色华盖之蓝的其他阴影之中。

---

1. Tom Thumb，英国民间传说人物，只有拇指大小。
2. 法语："赛马"。

酒窖？不，

它什么也成就不了并让

灵魂沉重。点滴收集更多于产酒量，尽管

历史 *de La Vigne et du vin*[1] 已经放了

*mirabelle*[2] 在那 *bibliothèque*[3] 之中

*unique depuis*[4] 一七九七年。

（关上窗子，

那位 Abbé Berlèse[5] 说，

为了生在玻璃之下的山茶花。）哦慷慨的博尔扎诺！

---

1. 法语：“葡萄藤与葡萄酒的”。
2. 法语：“黄香李白兰地”。
3. 法语：“图书馆”。
4. 法语：“独一无二始自”。
5. 法语：“贝尔莱塞神父”，Lorenzo Berlèse（1784—1863），意大利山茶花学者。

# 并无天鹅这般精美

"并无水体这般静止如那
　　凡尔赛宫[1]的死泉。"并无天鹅，
带着黯黑盲目的斜视
和摇平底船的双腿，这般精美
　　如扎光印花瓷的那一只，有浅棕-
褐色的眼睛并戴有锯齿的金
颈圈以示它是谁的鸟。

投宿在路易十五[2]
　　枝状大烛台树上，有鸡冠-
色泽的扣章，大丽花，
海胆，和永久花，
　　它栖息于其上的那些分枝的泡沫
属于抛光雕刻的
花朵——自在而高。国王死了。

---

1. Versailles，位于法国伊夫林省（Yvelines）凡尔赛市的王宫。
2. Louis Fifteenth（1710—1774），法国国王（1715—1774）。

# 羽状双嵴蜥蜴


在哥斯达黎加


在炽热的浮木中
　　绿色不断出现在同一个地方；
当，断断续续地，火蛋白石呈现蓝色与绿色。
　　在哥斯达黎加真正的中国蜥蜴脸
被发现，属于两栖的坠落之龙，活的焰火。


他跳起来迎接自己
　　在溪流中的同类，王对王，
借助他背上三部分的羽饰，以两腿奔跑，
　　尾巴拖着；于空中脱力；随后一跃
俯冲至溪底，隐藏如金体的酋长隐藏在


瓜塔维塔湖[1]。
　　他跑，他飞，他游，以抵达
他的高廷[2]——"河、湖与海的统治者，
　　不可见或可见，"连云都依令
而行——并可以是"长或短，也可以粗糙或精致随意。"

---

1. Guatavita Lake，位于哥伦比亚中东部，波哥大附近。
2. Basilica，一种古罗马公共建筑，为长方形廊柱大厅，用作法庭或公众集会场所。

马来龙

我们有我们的；他们则
　　有他们的。我们这只有一个皮羽顶冠；
他们那只有翅膀从腰部长出呈鼻烟褐色或灰黄色。
　　我们这只从树上落水；他们那只是最小的
龙，懂得如何从一棵树梢头朝下跃向什么干的东西。

乘着展开的肋骨飘浮，
　　船一般的身体停在
从肉豆蔻树杈抽出的蛤壳色调嫩枝上——细小的腿
　　拖拽而行半叉着腰——真正的
马来神性。在无芳香的兰花之间，在无营养的坚果-

树，*myristica*
　　*fragrans*[1] 上，无害的神展开的肋骨
并不抬起一顶羽冠。这便是蛇鸽，专属
　　于东方；活法如蝴蝶或蝙蝠
所能，在一窝中，探翼于它攫取的东西之上，如附生植物所为。



楔齿蜥

别处，海蜥蜴——
　　群聚以至没有空间

---

1. 拉丁语："肉豆蔻"。

迈步，尾巴纵横交错，鳄鱼式样，其中
　　鸟儿溜达进出——不知晓自己
相邻者谁。鸟-爬虫的社交生活十分愉悦。楔齿蜥

会容忍一只
　　海燕在它的巢穴里，下十个蛋
或九个——龙所下的数量只因"一条真龙
　　有九子"。有饰边的蜥蜴，无腿的一类，
和三犄角的变色龙，是毫不严肃的龙会逃跑

若你不跑的话。在
　　哥本哈根交易所的
主门顶部是两对龙颠倒而立于
　　它们的头顶——是建筑师调转的——于是四条
绿尾一同直立，象征四重安全。


在哥斯达黎加

现在，在美果榄将
　　它们的榛子抛到溪上的所在，有着，像
我说过的那样，世上最快的蜥蜴之一——
　　双嵴蜥蜴——以树叶和浆果为食并以
棕榈藤，蕨类和草胡椒遮阴；或晒着太阳躺在

水平的枝头
　　调羹花和兰花抽芽之处。若
受困，他便蹿身，击水，然后在水上奔跑——一件

有趾的脚难为之事。但被捕时——僵硬
并略重，像手上新沾的油灰——他不再是

那轻盈的蜥蜴
　　　能站成一个后退扁平的
S——小，长而直的蛇或，垂落而下，
　　　以一座狐狸桥横越灌木丛。藤蔓悬起
他固着于丝绸上的模糊阴影的重量。

如在一支中国毛笔之下，八道绿色
条纹被画在
　　　尾巴上——如钢琴键装饰着
横越白色的五道黑带。这错误规范的
　　　八等分隐藏起非凡的蜥蜴
直到夜幕降临，它对于人类是外表就吓死人的双崤蜥蜴；但

对于人尽可杀的蜥蜴来说
　　　却是，那备受欢迎的黑暗——有飞传的
军鼓的基础低音，风笛的吱吱声
　　　和蝙蝠的。空空吹响的猴子音符扰乱
响板。来自弓背的轻击在去年的葫芦上出声怪异，

或当他们触摸
　　　定音鼓时——听见它（因为没有光），
一只受惊的青蛙，像鸟一样尖叫着，跳出它本可藏身
　　　的杂草丛，以陨石的弧线，
　　　　　　　伸展的水虫划动，
　　　　　　　不停的抽搐表达一种

帝王与卓越的尴尬，

　　双崤蜥蜴描画
神话的愿望
要可互换地化为人与鱼——

向上疾行，当
蜘蛛爪的手指可以拨响
竖琴的低音琴弦，并以同样
清晰的步子，取路
归隐于琴弦之上，它们
振动直到爪子铺平为止。

　　在收紧的绳线中，
微小的噪音膨胀
并改变，如在树林的声罩之内

它们会以树为钢铁的途径来遮蔽

如来自黑蛋白石翡翠的蛋白石翡翠——
斯温朋[1]散文中所谓的音阶，那
无声的音乐，悬在
蛇的周围，当它激动或跃起。

没有匿名的

---

1. Algernon Charles Swinburne（1837—1909），英国诗人、剧作家、小说家、批评家。

夜莺在一汪沼地里鸣唱，所食的
声音来自豪猪羽毛的棕榈树
　　像雨一样飒响。这是我们的伦敦塔
珍宝，不为西班牙人所见，在羽毛斗篷

还有鹰头蛾和黑下巴的
　　蜂鸟之间；那天真的，稀有的，守卫-
黄金的龙，你眼看它渐渐成为一柄
　　小足上紧张的裸剑，有三重
分隔的火焰高于剑柄，栖息的

　　火侵蚀空气。如此套嵌在
磷光短吻鳄皮中，复制
　　形体的每一次脱离，他喘息并安顿——头
抬起两眼黑如被骚扰的鸟眼，有一种遭激怒的凶相，

在那仅仅是
　　呼吸并从手上回弹的动作里。
认为自己隐藏在尚未被发现的玉斧刃，
　　银色的美洲虎和蝙蝠，紫水晶和
抛光的铁，一根十吨链条中的金子，以及鸽蛋大小的珍珠之间，

他活在那里
　　置身于他的双崤蜥蜴茧里在
那活绿之物下面；他的水银凶猛
　　在他落入鞘中的窸窣声中止息
就是那声摄人心魄的猝然飞溅标志着他暂时的落败。

# 军舰鹈鹕[1]


快速巡航或躺在空中有一只鸟

　　实现了拉塞拉斯的朋友[2]那个

　　双翅将轻与力合一的计划。这只

　　　　地狱跳水者[3]，军舰鸟，飓风-

鸟；除非快捷是正确的词

　　来形容他，那风暴的预兆在

　　他飞近波浪之时，应该被看见

　　　　在捉鱼，尽管更经常是

　　　　他似乎偏爱


乘着双翅，从勤劳的粗翅物种那里攫取

　　已被它们捕获的鱼，而少有失手。

　　一个优雅的奇观，无论他的受害者可以

　　　　飞得多快或可以多频繁地

转身。别的则以相似的悠然，

　　缓缓地再次升起，

　　　　移行出列到圈子

　　　　的顶端并停止


再疾返，任风逆转它们的方向——

_____

1. Frigate Pelican，一种美洲鸟类。
2. 指英国诗人、散文家、文学批评家、传记作家、词典学家约翰逊（Samuel Johnson，1709—1784）所著寓言《阿比西尼亚王子拉塞拉斯生平》（*The History of Rasselas，Prince of Abissinia*）中发明飞行器的人物"艺术家"（The Artist）。
3. Hell-diver，䴙䴘（grebe）的俗称。

不像更健壮的天鹅可以渡运

樶夫的两个孩子回家。晒草；照顾

　　店铺；我有一只羊；都是不那么

灵活的动物的座右铭。这一只

　　找小棍给他孩子的

天鹅绒礼服倚靠而不愿

　　分辨葛雷特与韩塞尔[1]。

　　如同激情洋溢的亨德尔[2]——


本该是一名律师与一场阳刚的德意志本国

　　生涯——秘密研究羽管键琴

而向无人知陷入过爱情，

　　毫不轻信的军舰鸟隐藏

在高处与他的艺术

　　那威严的呈现之中。他滑翔

一百英尺或振翅不停

　　如烧焦的纸的表现——充满

　　伪装；又是一只


警觉的鹰……*Festina lente*[3]。要乐

　　而谦恭？何必如此？"若我过得好我便获祝福

无论有没有谁祝福我，若我过得

　　糟我便获诅咒。"我们看月亮升起

---------------

1. Gretel，Hänsel，格林兄弟童话"韩塞尔与葛雷特"的人物。
2. George Frideric Handel（1685—1759），德裔英国作曲家。
3. 拉丁语："慢中求快"。

在萨斯奎哈纳[1]河上。以他的方式，

　　　　这只最浪漫的鸟儿飞

到一个更世俗的所在，红树林

　　　　沼泽去睡。他视月亮为无物。

　　　　但他，和其他的，很快

从枝上升起而虽在飞行，却能够挫败那疲惫的

　　　　危险时刻，后者置于心肺之上的是

　　　　蟒蛇压成齑粉的重量。

---

1. Susquehanna，美国东北部河流，流经摩尔早年居住的宾夕法尼亚州卡里斯勒市（Carlisle）。

# 水牛

　　　　黑色在纹章学中意指

审慎；而 niger[1]，则是不祥。或许

赤铁矿——

　　黑色，野牛头上紧凑地弯曲的角

　　　　会有意义？那

　　煤烟褐色的尾簇在

　　　　一种狮-

　　尾上；这大概表达什么？

而约翰·斯图尔特·库里[2]的埃阿斯[3]在拔

草——没有圆环

　　在他的鼻子上——两只鸟站在背上？


　　　　·　·　·　·　·　·　·


　　　　现代

牛看上去并不像奥格斯堡[4]公牛的

肖像。是的，

　　灭绝的巨型欧亚野牛是一种

---

1. 拉丁语："黑，邪，恶"。
2. John Steuart Curry（1897—1946），美国画家。
3. 库里的画作，埃阿斯为一头水牛。
4. Augsburg，德国南部小镇。1827 年，英国动物学家史密斯（Hamilton Smith，1776—1859）在此镇一古董商店里发现一幅 16 世纪绘画（现已佚），他据此临摹的画作被认为是原牛（Aurochs，已灭绝的欧亚与北非巨型野牛）的图形。

可画之兽，有条纹和六

英尺的角展——减

　　到暹罗猫-


褐色的瑞士尺寸或瘤牛-

形状，白色毛绒的垂肉和温血的

驼峰；到红-

　　皮肤的赫里福德[1]或是到花斑的霍尔斯泰因[2]。然而

　　有人会说毛发稀疏的

水牛已满足了

　　人类的观念到了最好——


　　不同于大象

珠宝和珠宝商两者都在他披的

毛发里面——

　　没有白鼻子的佛蒙特牛与它的双胞胎同轭

　　来拉枫树汁，

高及它们雪中

　　的膝盖；没有奇特地


　　驱赶过度的牛被

罗兰森[3]所画，但印度水牛，

白化-

　　脚，站在一座泥湖中有一

─────────

1. Hereford，发源于英国中西部赫里福德郡（Herefordshire）的肉牛。

2. Holstein，德国北部石勒苏益格-荷尔斯泰因州（Schleswig-Holstein）出产的奶牛。

3. Thomas Rowlandson（1756—1827），英国画家。

天的活儿要干。没有白色的
基督教异教徒，被
佛截住，

将他好好侍奉如同那
水牛——生气勃勃仿佛系着
缰绳——自由的脖颈
伸开，蛇尾半扭
在腰窝上；也不会如此
愉快地协助
那高坐的圣哲，他的

双脚在同一侧，要
在神庙下来；也没有任何
乳白色的
长牙像那两个角一样，后者在一只老虎
咳嗽时，被凶狠地放低
并转换那毛皮
为无害的垃圾。

印度水牛，
由赤脚的牧童领到一间草
屋，他们在那里
厩养它，无需害怕比较
跟野牛，跟双胞胎，
事实上是跟任何
牛类世系之物。

# 九个油桃

被两两排放像桃子那样，
以全都可以活的间隔——
　　八个加唯独一个，在生长于
　　前一年的嫩枝上——它们貌似
一种衍生物；
　　尽管并不罕见地
呈现出反面——
九个桃子在一个油桃上。
　　并无绒毛，透过细长新月形的叶片
　　　　绿的或蓝的或
　　　　两色皆有，中国风格，那四


　　对的半月形叶镶嵌[1]向
太阳翻出点点的腮红
　　是暗紫-美国-美人的粉色
　　施于蜂蜡的灰，由
不加问询的
　　商业装订刷子刷上。
像玉桃，红-
脸颊的桃子无助于死者，
　　但及时食用可防死亡[2]，

---

1. Leaf-mosaic，叶在茎上各不遮挡而利于接受阳光的排列方式。
2. 贾思勰（北魏）《齐民要术·桃》："《神农经》曰'玉桃，服之长生不死。若不得早服之，临死日服之，其尸毕天地不朽。'"

那意大利

桃仁，波斯李子，伊斯帕罕[1]


隐蔽的壁生油桃，

因野生的自然水果是

先在中国发现的。但它是野生的吗？

Prudent de Candolle[2]未必会说。

人们觉察不到任何缺陷

在这个标志性的一组

九枚之中，有叶窗[3]

由象鼻虫扯开

某人曾描画过它在

这大为改进的盘子上面

或在同样精确的


取下了鹿茸的驼鹿或冰岛马

或睡着的驴子身上，对着这老旧

粗厚，低低倾斜的油桃，其

色如灌木矮树略微棕褐的

花朵。


．　．　．　．　．　．


一个中国人"理解

---

1. Ispahan，伊朗中部城市。
2. 法语："康朵叶之审慎者"。康朵叶（Alphonse de Candolle，1806—1893）为法国裔瑞士植物学家。
3. Leaf window，叶片中包含半透明区域，让阳光进入植物内部的结构。

荒野的精神"

　　而爱油桃的麒麟

　　有小马的相貌——长

尾或无尾的

　　小肉桂棕褐，平常的

骆驼毛的独角兽

有羚羊脚而无角，

　　在此以彩釉呈现于瓷器之上。

　　　是一个中国人

　　　想象了这一杰作。

## 致一只赛鸟

你很适合我；因为你可以让我大笑，
你也不为谷糠所蒙蔽
    每阵风都将它从草堆里飞旋递送。

你知道想，并说出你的所想
颇有参孙[1]的骄傲和凄凉的
    断然；而无人敢命你停止。

骄傲令你有格，那就阔步而行吧，巨大的鸟儿。
没有谷仓前院让你显得荒谬；
    你的黄铜趾爪顽强反对失败。

---

1. Samson，《圣经·旧约》中的以色列领袖与勇士。

# 鱼

涉
过黑玉。

　　乌鸦蓝的贻贝壳里，有一只总在
　　调节尘堆；
　　　　打开又合上自己像

一把
受伤的扇子。

　　藤壶[1]结壳于
　　波浪之侧，无法躲藏
　　　　在那里等待太阳沉浸的

光线，
分裂如纤维

　　玻璃，以聚光灯的迅捷移动自身
　　进入裂缝——
　　　　进进出出，照亮

那
绿松石色的

　　形体之海。水驱动一个铁的
　　楔子穿过铁的
　　　　悬崖边缘；其上的星星，

————————

1. Barnacle，一种蔓足亚纲的海洋甲壳类动物。

粉色的

米粒，墨水-

　　玷污的水母，螃蟹像绿的

　　百合，和水下的

　　　　伞菌，在彼此身上滑动。


所有

外部的

　　伤害印记都呈现在这

　　挑衅的大厦之上——

　　　　所有那些物理特征，出自


意-

外——缺少

　　了檐口，炸药槽，烧痕，和

　　斧劈，这些东西突

　　　　显于其上；裂口一侧是


死的。

重复的

　　证据已证明它可以存活

　　于那无法令其

　　　　青春复生之物之上。大海在其中变老。

## 在这艰难尝试的时代，冷漠是好的并且

"真的，烘陶罐

　　可不是众神的事。"他们不曾

　　　　在此场合这么做。有一些

　　　　　　盘绕着他们价值的主轴

　　仿佛过度的流行性可以是一个罐子；

他们不曾冒险从事

　　谦卑的行当。那抛光的楔形

　　　　或许曾把苍穹扎裂

　　　　　　很蠢。最后它抛开了自己

　　并倒下，授予某个可怜的傻瓜，一份特权。

"高出了

　　一场五百年谈话的长度，相较于所有

　　　　其他，"曾有一个，他的故事

　　　　　　讲述从来不可能是真实的东西——

　　胜过那些老妖似的，难以相处的

确凿的拖腔；他的配-

　　戏之可怕在效果上胜过

　　　　最猛烈的正面攻击。

　　　　　　棍子，包裹，假造的不合理

　　在风格上，最好说明了那件武器，自我保护。

# 致施药而不腐的治国之术

没有什么要为你说的。守护
你的秘密。将它隐藏在你坚硬的
　　羽毛之下，巫师。
　　　　哦
鸟啊，其帐篷曾是"埃及纱的
天篷，"正义那模糊的曲折铭文——
　　倾斜如一名舞者——
　　　　应否呈现
它曾经鲜明的主权之脉搏？
你不说话，而转世轮回自那一口
　　石棺，你缠绕
　　　　雪的
沉默于我们周围，并随着濒死之谈，
一半跛足一半有如贵妇，你蹒行
　　四处。朱鹭，我们找
　　　　不到
你有何优点——活着却又如此愚蠢。
审慎之行现在不是
　　政客般明智的总和。
　　　　然而
它曾是已死的优雅的化身？
仿佛一副死亡面具竟可取代
　　生命有缺陷的卓越！
　　　　迟
于留意你的宝座夸张的，太严格的

比例，你会看到自杀之梦
　　备受折磨的扭曲
　　　　走得
摇摇摆摆向它自己而去并用喙
攻击自己的身份，直到
　　敌似乎是友而友似乎是
　　　　敌。

# 诗

我，也一样，不喜欢它。

　　读着它，然而，心怀一种对它的完全蔑视，却会发现在其中，毕竟，有一个位置是属于真实的。

## 炫学的字面主义者

鲁珀亲王水滴[1]，轧光平纹细布幽灵，
　　白色火炬——"用力将不友善
之事说得友善，说最
　　　　恼人之事于爱与
　　　　　　泪之中，"你邀请毁灭。

你就像冥想之人
　　只有敷衍之心；它
雕琢而成的热忱跑来
　　　　跑去，起初像一件镶嵌的与皇室的
　　　　　　不可改变的产物；

而之后又"被忽视以至
　　痛苦，迷惑他以
游荡的礼节，"
　　　　"行其职责仿佛它未行一般，"
　　　　　　呈现一个障碍

给它所服务的动机。那直立
　　于你体内之物已枯萎。一株

---

1. Prince Rupert's drop，熔化的玻璃滴入冰水中形成的蝌蚪状玻璃水滴，其名来
自 1660 年将此物从荷兰带到英国的德国-英国军人、科学家、殖民地总督鲁珀亲
王（Prince Rupert，1619—1682）。

小小的"加工木棕榈树"
　　　告知你曾经自发的核心在其
　　　不可改变的产物之内。

## 批评家与鉴赏家

有大量的诗歌在无意识的
　　挑剔之中。某些明代
　　　制品，帝王的地毯呈马车-
轮的黄色，本身的确够好但我已见过某件
　　我更喜欢的东西———一个
　　　　仅仅是幼稚的尝试，要让一只货物压-
　　　　　载得不完美的动物站起来，
　　　类似的决心，要让一只小狗
　　　　吃他盘里的肉。

我记得一只天鹅在牛津的柳树下，
　　有火烈鸟色的，枫树-
　　　叶状的脚。它勘察如一艘战-
舰。怀疑和有意识的挑剔是
　　它对行动的厌恶
　　　之中的成分。最后它的顽强并
　　　　不是反证，无以否认它
　　　倾向于更充分地赏鉴如此少许
　　　　食物，当溪流

与之反向而行；它带着我给它吃的
　　东西走掉了。我见过这只天鹅
　　　我也见过你；我见过无理解的
　　野心，以各种形式呈现。恰巧立于
　　　一座蚁山之侧，我曾

見过一只挑剔的蚂蚁扛着一根棍子向北，向南，
　　　　向东，向西，直到它鼓起
　　　劲来，从花坛冲进草坪，
　　　　回到了它

原本开始的那一点。然后将棍子抛弃因为
　　没用，并过度压榨它的
　　　颌骨，以一粒白石灰粉——药片一般但
　　很重——它再次走过相同程序的轨迹。
　　　　　　究竟有何意义
　　　在能够
　　　　声言自己以一种自卫态度统治了溪流这件事之中；
　　　在证明自己曾有过
　　　　扛一根棍子的经验这件事之中？

# 猴子

眨眼太多又怕蛇。斑马，至高无上于
它们的畸态之中；大象连同它们雾色的皮肤
　　和严格实用的附属物
　　　　在那里，小猫；还有长尾小鹦鹉——
　　　　　　在审视下琐细而乏味，摧毁
　　树皮和食物中它不能吃的部分。

我回想他们的堂皇，现在堂皇并不多于
黯淡。很难回想其装饰，
　　言辞，和确切的举止，他们可能
　　　　会被称为次要的二十年前
　　　　　　老相识；但我不会忘记他——那个吉尔伽美什[1]，在
　　毛茸茸的食肉目之间——那只猫有

楔形的，板岩灰的标记在前腿与刚毅的尾巴上，
严厉地发言道："他们强加给了我们苍白的，
　　羽翼半丰的抗议，浑身颤抖
　　　　陷于口齿不清的狂热，说
　　　　　　理解艺术不是我们的事；发觉它
　　全都如此难解，细察那事物

仿佛它神秘得不可思议，对-
称地寒冷仿佛它是用绿玉髓雕刻出来的

―――――――――――

1. Gilgamesh，传说中的苏美尔国王，同名巴比伦史诗的主人公。

或是大理石——严格的颇有张力，一身恶意
　　对我们施加它的权力而又深
　　　　过大海，当它提供奉承以换取大麻，
黑麦，亚麻，马匹，白金，木材和毛皮。"

# 在棱光原色的日子

不是在亚当和夏娃的日子，而是亚当
　　一个人的时候；不曾有烟而色彩
美好的时候，并无早期
　　文明艺术的改良，而是因
其原真；没有什么将它修饰除了

上升的雾，倾斜曾是一个变体
　　属于直立之物，明了可见与
可解：此景已
　　不再；那蓝-红-黄的
炽热频带，本是色彩，也保不住它的条纹：它也是

那些可以读出颇多奇特意义的事物
　　之一；复杂性并非一桩罪行，却载送
它抵达晦暗的地步
　　而无物明了。复杂性，
此外，已致力于黑暗，而非

承认自己是它所是的瘟疫，行走各-
　　处仿佛要迷惑我们，以那阴沉的
谬论，即坚持
　　是成就的尺度以及一切
真理都必定是黑暗的。原则上就是咽喉，诡辩如同它始-

终所是的那样——对立于那原-

初的伟大真理。"它部分在爬行，部分

即将爬行，其余的

　　在它的巢穴中蛰伏。"在短腿的，断-

续的行进中，咯咯声与所有的细枝末节——我们有经典的

众多腿脚。为了什么目的！真理绝非阿波罗·

　　贝尔维德尔[1]，绝非有形之物。波涛若愿意便可盖过它。

要知道它会在那里，当它说，

　　"波涛过后我会在那里。"

---

1. Apollo Belvedere，梵蒂冈博物馆内的阿波罗雕像，为 4 世纪希腊雕塑家莱奥查莱斯（Leochares）所作铜像在罗马哈德良时代（约 120—140）的复制品。

# 彼得

　　强大而溜滑，
体格适于午夜的草地派对
面对四只猫，他睡尽他的时间——
前腿上分开的第一支爪子对应
拇指，缩回到它的尖端；小簇的叶子
或树螽腿在每只眼睛上方编号所有单位
在每一组中；鲱鱼骨整齐地停在嘴边
同步垂下或举起仿佛豪猪的硬毛。
他让自己被引力压扁，
如海藻被太阳驯服和削弱，
在被拉伸时受到挤迫，静卧不动。
睡眠缘自于他的妄想，就是谁都必须
为自己尽可能地做好，
睡眠——那对他来说是生命终结之物的缩影。
在他身上演示一下，那女士如何放置一根叉子
在危险的南方蛇无害的脖子两侧。
人们不必试图将他激惹；他洋李状的头
和鳄鱼眼不是玩笑的一方。
被提起来操弄，他或许垂挂如一条鳗鱼
抑或被置于前臂之上像一只老鼠；
他的眼睛被一个针脚宽的瞳仁分成两半，
被闪闪烁烁地展示，然后盖起。
或许？我原本应该说或许原本会是那样；
当他在一个梦里被占了上风——
如在一场与自然或与猫的战斗里，我们都知道。

深睡对于他并非一个固定的幻觉。

以青蛙般的精确性蹦蹦跳跳，抓在手里

便急叫，他重又是他自己；

坐着被禁锢在一张家居椅子的横档里

将是无益的——像人一样。虚伪有什么好处？

选择自己的行当是允许的，

放弃钉子，或不倒翁，

当它显出不再是一种愉悦的征兆之时，

用一道双划线标画近边的杂志。

他可以讲话但无礼地一言不发。这又如何？

当谁坦率时，其在场本身就是一个褒奖。

显然他可以看见自然的善，

他并不将已公布的事实当作一个投降。

至于一成不变要冒犯的倾向，

一只有爪子的动物理应有一个机会来使用它们。

躯干鳗鱼般的延伸进入尾巴并非一个意外。

跳跃，伸长，分割空气，盗取，追索。

告诉母鸡：飞过篱笆，走错方向

出于慌张——这就是生活；

做得少些大概只是不诚实而已。

# 采与选

文学是生命的一相。如果人们害怕它，

这情形无可弥补；如果人们熟悉地趋近它，

人们关于它所说的一切就毫无价值。

不透明的指涉，向上的模拟飞行，

什么也成就不了。为什么要遮蔽这一事实

即萧[1]在感情的领域是忸怩的

但别的方面值得一读；即詹姆斯[2]

正是别人曾经说他的那样。那不是小说家哈代[3]

和诗人哈代，而是一个把生活诠释为情感的人。

批评家应该知道自己喜欢什么：

戈登·克雷格[4]有他的"这是我"和"这是我的"，

和他的三个聪明人，他"悲伤的法国绿"，和他的"中国樱桃"

如此有倾向和无耻的戈登·克雷格——一个批评家。

而伯克[5]是一个心理学家，有敏锐的浣熊般的好奇心。

*Summa Diligentia*[6]；对于名字如此娱乐的骗子[7]——

非常年轻又非常匆促，凯撒越过阿尔卑斯山

在一辆"公共马车"的顶端！

我们并不痴迷于意义，

--------

1. Bernard Shaw（1856—1950），爱尔兰剧作家、批评家。

2. Henry James（1843—1916），美国作家。

3. Thomas Hardy（1840—1928），英国小说家、诗人。

4. Gordon Craig（1872—1966），英国戏剧家、演员、导演、舞台设计师。

5. Edmund Burke（1729—1797），爱尔兰政治家、哲学家。

6. 拉丁语："极其迅速"或"全力以赴"。

7. "humbug（骗子）"由"hum（嗡鸣）"和"bug（虫子）"构成。

但这种对错误意义的熟悉令人困惑。

嗡鸣的虫子，蜡烛并未接线通电。

小狗，越过草坪咬着亚麻布说

你有一只獚——回忆一下色诺芬[1]；

只有基本的行为才必不可少，让我们嗅到气味。

"一场恰到好处的犬吠齐鸣，"几道浓重的皱纹皱起

       双耳间的皮肤，是我们要求的全部。

---

1. Xenophon（约公元前431—公元前354），古希腊哲学家、历史学家。

# 英格兰

连同它的幼河与小城镇，个个都有自己的修道院或自己的大教堂，
连同声音——或许是一个声音，透过耳堂回响——那
适当性与便利的标准：和意大利
连同它堪与匹敌的岸滨——在构造一种享乐主义
粗俗已自其中被尽数拔除：

和希腊连同它的山羊和它的葫芦，
被修饰过的幻象的巢穴：和法兰西，
那"夜蝶的蛹，"
在其物产之中建筑的神秘
引人偏离自己原本的目标——
核心的物质：和东方连同它的蜗牛，它的情感

速记和玉螳螂，它的石头水晶和它的沉着，
皆为博物馆品质：和美国，那里有的
是南方又小又旧摇摇晃晃的维多利亚马车，
那里雪茄是在北方街道上抽的；
那里没有校对者，没有蚕，没有离题；

野人的土地；无草，无联系，无语言的国家，那里写下文学的
不是西班牙语，不是希腊语，不是拉丁语，不是速写语，
而是猫猫狗狗都能读的普通美国话！
圣歌与平静之中的字母 a 在

用蜡烛里的 a 的声音来读的时候[1]，非常引人注意，但是

为什么多如大洲的误解
必须由事实来解释？
接下来是不是因为有毒性的伞菌
与蘑菇相似，两者便都有危险？
对于可能被误会成食欲的勇气，
对于可能貌似仓促的热情，
没有任何结论可以得出。

误解了这件事就是承认了一个人看得不够远。
被升华的中国智慧，埃及洞见，
灾变的情感洪流
被压缩在希伯来语动词里，
那个人的书，他可以说，
"除了他我不嫉妒任何人，唯有他，
他捕到的鱼比我多"——
那所有显著优越性的花与果——-
如果在美国没有被偶然撞见，
人们就必须想象它在那里不存在吗？
它从未被局限于一个地方。

---

1.（英国英语）字母 a 在"psalm（圣歌）"和"calm（平静）"中的读法不同于在"candle（蜡烛）"中。

# 当我买画

或更接近真相的，

当我看着我可自视为其想象的拥有者的东西的时候，

我专注于在我平常时刻会给我带来乐趣的东西：

对好奇心的讽刺，其中辨认得出的无非

是情绪的强度；

或是恰恰相反——旧物，中世纪的装饰帽盒，

其中有腰部缩窄如沙漏腰部的猎犬，

和鹿和鸟和坐着的人；

它可能不过是一方镶木细工；也许是文字的传记，

字母站得很开，在一片羊皮纸般的宽阔之上；

一枝呈现蓝色的六种变体的洋蓟；三部分的鹬腿象形文字；

保护亚当坟墓的银色围栏，或抓着亚当手腕的米迦勒[1]。

过于严厉的一种智性强调加于这种或那种品质之上会偏离一个人的享受。

它必定不希望解除任何东西的武装；被认可的胜利也不会轻易得到尊崇——

因别的东西渺小而伟大的东西。

结论如下：无论它是哪一类，

它都必须"被透视事物之生命的锐利目光点燃"；

它必须确认打造了它的精神力量。

---

1. Michael，《圣经》中的天使长。

# 一座坟墓

望着大海的人，

将风景从别人眼前夺走，他们对它拥有的权利像你自己一样多，

站在一样事物中间是人的本性，

但你无法站在此物中间；

大海无可给予，除了一座被挖空的坟墓。

冷杉站成一列，每一棵顶上都有一只祖母绿火鸡脚，

矜持如它们的轮廓，什么也不说；

压抑，然而，并不是大海最明显的特征；

大海是一个收藏者，迅速回返贪婪的一眼。

除你之外还有别人现出这眼神——

其表达不再是一个抗议；鱼不再探究他们

因为他们的骨头不曾延续；

人们下网，并未察觉他们正在亵渎一座坟墓这一事实，

并快速划船离开——桨刃

像水蜘蛛的脚一齐移动仿佛根本没有死亡这样东西。

细纹以一个方阵在自身中间行进——在泡沫网之下很美，

无声无息地消失，当海水刷刷地进出海藻；

鸟儿以极速游过空气，发出嘘声一如此前——

龟壳在崖底折腾不止，在它们下面的骚动之中；

而大洋，在灯塔和钟形浮标噪音的震颤之下，

行进如常，看上去仿佛并非那片掉落之物注定会沉没的大洋——

它们若在其中翻转与扭曲，既不是出于意志也不是意识。

# 那些各式各样的解剖刀

那些
各式各样的声音始终模模糊糊，像混合的回声
　　从薄玻璃上连续任意敲响——
　　　　伪装的变调：你的头发，两只
　　　　头顶头的石头斗鸡的尾巴——
　　　　　　像雕刻的短弯刀以逆序再现着你耳朵的曲线：
　　　　　　你的眼睛，冰和雪的花朵

被撕裂的风播撒在残损舰船的绳索上；你举起的手，
　　　　一个暧昧的签名：你的脸颊，那些血的
　　　　蔷薇结在法国城堡的石头地板上，
　　　　向导们对于它们是如此之肯定——
　　　　　　你的另一只手，

一捆各个相似的长矛，部分隐藏在来自波斯的绿宝石
　　和少许佛罗伦萨金工的
　　　　光华之下——一套小物件——
　　　　镶有绿宝石的蓝宝石，和配月长石的珍珠，精饰
　　　　以灰、黄与蜻蜓蓝珐琅；
　　　　　　一个柠檬，一个梨

和三串葡萄，以银丝维系：你的服装，一座不可思议的方形
　　大教堂塔楼，既是制服
　　　　同时又有多样的外观——一个
　　　　垂直葡萄园的种类飒响在

传统观点的风暴里。它们是武器还是手术刀？

　　被打磨至光辉夺目

经由那份比机遇更优越的世故强硬的威严，

　　这些事物是用于实验的丰富工具。

　　但为什么要解剖命运，所用的工具

　　　　比命运本身的组成部分更高度地专业化？

# 赫剌克勒斯[1]的劳作

要推广骡子，它整洁的外貌

表达被减少到一个最小值的膳宿原则：

要劝导品味朴素的一个人，以有家为荣，和一位音乐家——

说钢琴是一个自由的蚀刻场；他"迷人的蝌蚪音符"

属于人们有时间演奏它们的过去：

要劝导那些自造的大脑之迈达斯[2]们

他们的十四克拉无知渴望着升值，预示着失望，

说一个人绝不可借一副长长的白胡子并将它系上

再用时间的镰刀威胁偶然的好奇者：

要用一种太伸缩自如的选择性来教导吟游诗人

说人们探察创造力凭借的是它征服自身冷漠的能力，

尽管它或许有多于逻辑的弹性，

却如电一般沿一条直线飞行，

清空夸耀其偏远的地区的人口，

要向种姓的大祭司们证明

说势利是一种愚蠢，

除开最好的一面，属于年代久远的献媚，

吻着上面人的脚，

踢着下面人的脸；

要教导那些主保-圣人-至-无神论者

说我们厌倦了尘世，

厌倦了猪圈、野鹅和野人；

---

1. Hercules，希腊神话中半人半神、力大无比的英雄。
2. Midas，希腊神话中的弗里吉亚（Phrygia）国王，可将他触摸的一切变成黄金。

要说服耍蛇的争议者
说人们不停地获悉
"黑鬼并不残暴，
犹太人并不贪婪，
东方人并非不道德，
德国人并非一个匈奴。"

# 纽约

野人的浪漫，
附着于我们需要商业空间之处——
批发毛皮贸易的中心，
星散着白鼬皮锥形帐篷又住满了狐狸
长长的硬毛起伏于皮毛本体以外两英寸；
地上点缀着鹿皮——白上加白斑，
"如单色的缎面刺绣可承载一种变化的图案，"
和被风压缩的萎靡的鹰绒；
和海狸皮的轮状皱领；白的活泼有雪。
那是一声遥远的呼喊来自"缀满珠宝的女王"
和戴手笼的情郎，
从状如一个香水瓶的镀金马车，
至莫南加海拉与阿莱加尼[1]的交汇点，
和荒野的经院哲学。
它不是角币小说的外景，
尼亚加拉瀑布，有斑纹的马和独木战舟；
它不是"倘若毛皮不比一个人看到别人穿的那种更精美，
这人就宁愿没有"——
以生肉和浆果估算，我们可以喂养宇宙；
它不是才智的气氛，
水獭，海狸，美洲狮皮
无射击火器或犬只；
它不是劫掠，
而是"体验的可获取性"。

---

1. Monongahela，Allegheny，在宾夕法尼亚州匹兹堡（Pittsburgh）汇合的两条河。

# 人民的环境

他们回答一个人的问题，
一张紧挨着墙的松木桌；
在这排列的风干骨头里
一个人"天生的敏捷"被压缩，未被挤出；
一个人的风格并未在如此的简单里丧失。

宫廷家具，如此老式，如此的老旧时尚；
塞夫勒[1]瓷器和壁炉狗——
尖耳朵的青铜德罗米奥[2]，哈巴狗一般废旧；
一个人在坏家具问题上有一个人的偏好，
而这不是他的选择。

坚不可摧的巨型古冢
由综合尤曼-厄伯[3]可分离单元构成；
钢，橡木，玻璃，穷人理查出版物[4]
内含效率方面的公开秘密
印在薄到"一千四百二十页才一英寸"的纸上，
大叫道，不妨说吧，当你拿走我的时间，你拿走的是我原本要用的东西；

---

1. Sèvres，法国中北部城市，以精美瓷器闻名。
2. Dromios，莎士比亚《错误的喜剧》（*The Comedy of Errors*）中的双胞胎兄弟。
3. Yawman-Erbe，美国文件柜品牌。
4. 美国博学者、政治家、发明家、作家富兰克林（Benjamin Franklin，1706—1790）以笔名"理查·桑德斯"（Richard Saunders）出版于 1732—1758 年的《穷人理查年鉴》（*Poor Richard's Almanack*）。

被二十二英尺深杜鹃花中的枞树隐藏的高速公路，

孔雀，手工锻造的大门，旧波斯天鹅绒，

一块象牙白底面上以浅黑色勾勒的玫瑰，

雪松被镂空的铁影，

中国的雕刻玻璃，旧沃特福德[1]，有教养的女士们；

被扭曲成为永久的风景园艺；


跨越如此远距离的直线，如在犹他或得克萨斯所见，

在那里人们不必被告知

好的刹车与好的马达一样重要；

在那里凭借皮肤之中额外的感觉细胞

他们可以，像鲑鱼一样，闻到那即将到来的——

那些具有常识的清晰感觉器官的冷静的先生，

他们知道乌鸦飞行时两点间的确切距离；

一个以直线移动的头脑有某种吸引人的东西——

蚊子战争的市立蝙蝠巢；

美利坚的弦乐四重奏；

这些是问题多于答案，


和珊瑚礁之上的蓝胡子塔[2]，

囊括罗盘所有点位的魔法捕鼠器，

如石化的浪涛封盖海湾那愤怒的天蓝色，

并无灰尘的所在，而生活如一片柠檬叶，

一张坚硬半透明的绿色羊皮纸，

---

1. Waterford，爱尔兰东南部城市，亦指源于此城的玻璃制品。
2. Bluebeard's Tower，美属维尔京群岛圣托马斯岛（St. Thomas，U. S. Virgin Islands）上的瞭望塔。

在那里深红色，铜色，和凤凰木的中国朱红色
将砖石点燃，而绿松石的蓝调反驳时钟；
具有奇怪好客观念的城堡主楼，
及其"月长石雕刻的棋子，"
它的嘲鸫，流苏百合，与木槿，
它那些翅膀上有蓝色半圈的黑蝴蝶，
缟玛瑙耳朵的棕褐山羊，它闪闪发亮而没有厚度的蜥蜴，
如火与银的色斑在栅格的镂空绿松石上
和那金合欢树般的女士，在一只手的轻触下发颤，
迷失在一记兰花的微小碰撞里——
染色的水银被任由落下，
消失如一只呈现五十种薰衣草和紫水晶色度的顺从变色龙。
在此这一建构的头脑已经得出结论
即围绕自己过度旋转大概是不可能的，
诡辩已经，"像一道自动扶梯，""切断了前进的神经。"


在这些不明确的，个人-非个人的表象表达中，
眼睛知道该跳过什么；
行为的观相术不得透露骨架；
"一道布景不可以有是一道布景的气氛，"
然而披着 X 射线般深究的强度，表面回辙；
表达的干扰条纹只是突出之物上的一个污点，
它既无上也无下；
我们看到外部与基本结构——
军队的首领，厨师，木匠，
刀匠，赌徒，外科医生和军械师，
宝石工匠，丝绸工匠，手套工匠，小提琴手和民谣歌手，
教堂司事，黑布的染匠，马夫和烟囱清洁工，

女王，女伯爵，女勋爵，皇帝，旅行者和水手，
公爵，亲王与绅士，
各在其位——
营地，锻炉与战场，
会议，祷告所和衣柜，
洞穴，沙漠，火车站，收容所和制造发动机的地方，
商店，监狱，砖厂和教堂的祭坛——
在干净得体的宏伟所在，
城堡，宫殿，餐厅，剧院和帝王观众厅。

## 蛇，獴，弄蛇人，之类

我有一个朋友会出一个价给那些全都是一个长度的长手指——

那些可怕的鸟爪，给那奇异的角蝰和獴——

万般皆辛劳之国的出产，携草者、

持火炬者、狗仆、载送信使者、圣人的国度。

全神贯注于这不同凡响的虫子，几乎像它被捕获那天一样狂野，

他凝望着仿佛无法以一种分析的眼光看任何东西。

"起伏着迅速穿过草地的轻盈的蛇，

有斑驳后背的悠闲的乌龟，

从细枝转移至岩石，从岩石转移至稻草的变色龙，"

曾有一回点亮了他的想象；他的崇敬现在汇聚于此。

粗壮，并不重，它从旅行篮中站起，

那根本上是希腊的，那可塑的动物从鼻子到尾巴都是一块；

人们不禁向它望去，如望向阿尔卑斯山的阴影

在它们的褶皱中囚禁着，像琥珀里装着苍蝇，溜冰场的节奏。

这种动物从最早的时候，重要性便始终依附于其上，

如其崇拜者所说的那样精美——它被发明究是为何？

为了呈现当纯粹形式的智慧

已启始了一条无生产力的思路之时，它便将回返？

我们不得而知；关于它唯一正面的东西是它的形状；但何必断言？

要将人民校正的激情本身就是一种苦恼的疾患。

不归功于其自身的厌恶是最好的。

# 木球[1]


绿草之上

有 lignum vitae[2] 球和象牙标记物，

木柱被安插为野鸭队形，

并被迅速打散——

凭借这一古老规矩的残存

风格一如中国的漆雕，

一层又一层为点触之确定与不紧不慢的切削所展露

因此仅会呈现图画所必需的那点色彩，

我了解我们都是精密主义者，

不是被禁锢在行动瞬间的庞培[3]公民

如某人通信的一个横断面似乎会暗示的那样。

拒绝采用一种粗野的策略无视

玛蒂尔达[4]时代以来曾经说过的一切，

我要购买一本现代英语词源词典

或许我可以理解写的是什么，

又像蚂蚁和蜘蛛

时不时返回总部一样，

要回答这个问题

"为什么我喜欢冬天胜于喜欢夏天？"

---

1. Bowls，一种草地滚木球游戏。
2. 拉丁语："愈疮木（美洲热带常绿植物）"。
3. Pompeii，意大利西部古城，位于那不勒斯东南，公元 79 年在维苏威火山喷发中被埋没。
4. Matilda of Flanders（约 1031—1083），英国国王威廉一世（William I，约 1028—1087）的王后。

并承认那样并不会让我生厌
就是直视剧作家和诗人和小说家的脸——
承认我感觉完全一样；
我还要写信给杂志的出版商
它会"出现在每月的首日
而在一个人有时间买它之前就消失
除非他采取适当的预防措施，"
并努力取悦——
因为谁提供得迅速即是提供双倍
这在一封信里无比真确。

# 新手

解剖他们的作品

在威尔·霍内康姆[1]被一位公爵夫人抛弃这种意义上；

被吓到的自我的小小假设混淆了这个问题

因此他们不明白"是买方还是卖方给钱"——

一个深奥的理念，对于谁都不简单除了艺术家，

唯一购买的卖家，并始终抓着钱。

因为一个人表达自己并以智慧名之，他就不是一个傻瓜。真是个好主意！

"鸡首龙蛇，自始便完美而有毒，"

他们将自己呈现为与"不为更自觉的艺术的半明之灯照亮"的海蛇区域

相反。


三十岁时获取他们六十岁会试图忘记的东西，

对正确的词视而不见，对讽刺听而不闻

后者像"柏树的气味增强大脑的神经"一样，

反感古旧之物

"它有那种悲伤气息，一个思索的头脑始终感觉得到，

它那么少又那么多"——

他们写那种依他们自己判断会令一个女士感兴趣的东西；

很想知道我们是否挚爱字母表中的每个字母，它以之拼出一个词——

根据国会法案，财政大臣宣誓的声明及其余部分——

我们所是之物的对应者：

---

1. Will Honeycomb，1711—1712 年由英国作家、政治家阿迪逊（Joseph Addison，1672—1719）与爱尔兰作家、政治家斯蒂尔（Sir Richard Steele，1672—1729）创办的日刊《观察者》（*The Spectator*）演绎的俱乐部中的一员。

愚蠢的男人；男人强壮而谁都不予关注：

愚蠢的女人；女人有魅力，她们可以多讨厌。

是的，"作者是了不起的人，特别是那些写得最多的，"

一切语言的大师，表达的超级蝌蚪。

习惯了那些反复再现的古代磷光，

柏拉图"十分高贵的模糊与不确定的乱语"，

埃及博学的风景之上王室游艇的明澈移动——

国王，管家和竖琴手，坐在船内当玉和石头水晶环行于流水之中，


他们的温雅飞越海浪——

苗条的智者，以赛亚，耶利米，以西结，但以理[1]的透明综合体。

厌倦了"海的无细节透视"，反复而幼稚，

和它岩石的混乱——希伯来人的狭隘之见——

善良而活跃的年轻人表明主张

即并无必要与那曾令自己恼怒之物有所联系；

他们从未发表过一份他们觉得如此易于证明的陈述——

"碎裂如一块撞墙的玻璃"

在这"炫目印象的沉淀之中，

希伯来语言那自发的非强迫激情——

一道充满回响与暴风般能量的动词深渊"

在其中行动令行动持续而角度与角度并不一致

直到被普遍的行动淹没；

被"深不可测的颜色之暗示"，

被不停喘气的绿线，震荡的白所掩盖，

在这场水对岩石的戏剧里——这"急促的辅音海洋"

连同它"巨大的青黑色斑，像绿色大理石的长板"，

--------

1. Isaiah, Jeremiah, Ezekiel, Daniel，均为《圣经》中的先知。

它"垂直闪电的刹那枪矛"和"被吞噬的熔化之火，"

"它的栅栏上有泡沫，"

"在一声浪花的长嘶中将自身崩碎。"

# 婚姻

这一机制，
或许应该说事业
出于对它的尊重
人们说人不需要改变自己的想法
对于一件他已经相信的事情，
要求公开承诺
一个人的意图
去履行一项私人的义务：
我疑惑亚当和夏娃
到此刻对它作何想，
这火镀的钢
金光辉耀；
它何等闪亮地呈现——
"循环的传统和欺骗，
收押众多的战利品，"
要求一个人全部的犯罪机谋
去避免！
解释一切的心理学
什么也解释不了，
而我们仍有疑问。
夏娃：美丽的女人——
我见过她
在她那般俊俏之时
她让我吃了一惊，
能够同时写

三种语言——

英语，德语和法语——

其间还在讲话；

同样积极地寻求一场骚动

而又确保安静：

"我将宁愿独处"；

对此访客回答，

"我将宁愿独处；

何不独处在一起?"

白炽的群星之下

白炽的果实之下，

美的奇怪体验；

它的存在太过分；

它将一人撕成碎片

而每一道全新的意识波涛

都是毒药。

"看见她，在这共同的世界里看见她，"

中心的缺陷

在那第一场晶莹细致的实验里，

这场融合永远不可能多过

一种有趣的不可能，

将它描述

为"那奇怪的天堂

不像肉体，石头，

黄金或庄严的建筑，

我生命中最上选的一块：

心上升

在它平和的境界

如一艘船上升

随着水的上升";

囿于蛇的言辞——

在礼貌的历史中蜕下蛇皮

不应再重返——

那无价的意外

将亚当开释。

而他有美亦然；

令人苦恼——唯一的你呀

向你而去，自你而来，

没有你便一切皆无——亚当；

"有些像猫，

有些像蛇"——多么真确！

一只蹲伏的神话怪物

在那幅波斯缩微图画里，由翡翠的矿藏，

生丝绣成——象牙白，雪白，

牡蛎白，及其他六种——

那个围场满是豹和长颈鹿——

长长的柠檬黄色身体

散布着蓝色的梯形。

因词语而活，

振颤如一只铙钹

在被击中以前被轻触，

他预言得很正确——

勤劳的瀑布，

"快速的水流

狂暴地将一切载送向前，

一时沉默如空气

而此刻像风一般强大。"

"踩踏裂缝

在一支长矛不确定的立足点上，"

忘记了在女人身上有

一种心智的品质

作为一种本能的表现

是不安全的，

他继续说话

以一种正式的习惯性口吻，

谈论"过去的状况，当下的状况，

印信，承诺，

一个人曾受的恶，

一个人享有的善，

地狱，天堂，

便于提升

一个人欢乐的一切。"

他有一种心境

感知本非预想中

他应当感知的事物；

"他体验一种庄严的欢乐

眼看自己变成了一个偶像。"

饱受夜莺的折磨

在新叶之间，

苦于它的沉默——

不是它的沉默而是它的诸多沉默，

他说起它：

"它衣我一件火衫。"

"他不敢拍手

来让它继续

唯恐它飞走；

若他什么都不做，它会睡去；

若他呼喊，它不会理解。”

被夜莺吓破了胆

又被苹果晃瞎了眼，

被"有灭火之效的

一团火的幻觉"驱使，

与之相比

尘世的光辉

不过是畸形——一团火

"其高其深

其明亮其宽广

其漫长如生命本身，"

他绊倒在婚姻上，

"其实是一个非常琐细的物件"

已然摧毁了

他立于其中的态度——

被一个女人取消父道的

哲学家的轻松。

毫无助益的许门[1]！

一似发育过度的丘比特

将其贬低至无意义的

是机械的广告

作为非自愿评论列队而行，

是那个亚当的实验

---

1. Hymen，希腊神话中的婚姻之神。

有出路但无进路——

婚姻的仪式，

扩展它所有的奢靡；

它拳卷叶芽的蕨草，

莲花，仙人掌，白色的单峰驼，

它的河马——

口与鼻结合

在一个华丽的漏斗之中——

它的蛇和有力的苹果。

他告诉我们

"对于要

逼视一只老鹰到失明，

与赫斯珀里德斯[1]花园里

爬树的

赫刺克勒斯相伴的爱而言，

从四十五岁到七十岁

是最好的年龄，"

赞美它

是一门艺术，是一个实验，

一份责任或仅仅是娱乐。

不可以称他为无赖

也不可称摩擦为灾难——

为相亲相爱而战：

"没有真相能被完全了解

直到它被

争论之牙尝过之后。"

――――――――

1. Hesperides，希腊神话中与一条龙一起看守金苹果园的仙女们。

黑眼的蓝豹，

蓝眼的玄武岩豹，

一身优雅——

必须将路径交给它们——

黑曜石狄安娜[1]

她"令自己的面容黯黑

有如一头熊，"

被刺扎穿的手

对一个人有一份温情

并证明它入骨，

急不可耐向你保证

不耐烦是独立的标志，

而非束缚的。

"已婚人士常常这么看"——

"稀少而寒冷，上上下下，

混杂又患疟疾

一个好日子，一个坏日子。"

我们西方人如此无情，

自我丧失，反讽保留

在"亚哈随鲁[2] *tête-à-tête*[3]盛宴"中

连同它蛇舌般的小兰花，

连同它的"好怪物，带路吧，"

连同轻笑

和幽默之慷慨

———————————

1. Diana，罗马神话中的狩猎与月亮女神。
2. Ahasuerus，《圣经》中的波斯国王。
3. 法语："面对面的，私密的"。

在那吉诃德式的坦率气氛里

其中"四点钟不存在，

但在五点钟

女士们以其专横的谦恭

准备将你接纳"；

在其中经验证明

男人有权力

有时人们会被迫感受到它。

他说，"什么样的君主会不脸红

有一妻

发如一柄修面刷？"

女人的事实

"不是长笛的声音

而正是毒药。"

她说，"男人是垄断者

独占'星章，勋章，纽章

和其他闪亮的小玩意儿'——

不适合成为另一人的

幸福的守卫者。"

他说，"这些木乃伊

必须小心处理——

'一头狮子餐食的碎屑，

一对胫骨和一小块耳朵'；

转到字母 M

你就会发现

'一个妻子是一口棺材，'

那严厉的客体

有令人愉悦的几何构造

规定的是空间而非人，
拒绝被埋葬
并独一无二地令人失望，
报复性地打造于
一个心生崇拜的孩童
对一名不同凡响的生养者的态度。”
她说，“这蝴蝶，
这水蜻蜓，这流浪者
曾经‘打算
落在我手上一辈子’——
能把它怎么样？
必定有过更多的时间
在莎士比亚的日子里
可以坐下看一出戏。
你认识那么多艺术家都是傻瓜。”
他说，“你认识那么多傻瓜
都不是艺术家。”
那事实遗忘了
“有些人仅有权利
而有些人则有义务，”
他那么爱自己，
他不能允许自己
在那爱中有任何对手。
她那么爱自己，
她看自己总没个够——
一座象牙小雕像在象牙之上，
合乎逻辑的最后点触
之于一种宽阔的堂皇

作为完成工作的报酬赚取：
一个人不富有却贫穷
当他总能显得如此正确之时。
能为他们做些什么呢——
这些野人
注定要见弃于
那些并非幻想家
而不会热心承担令人高贵的
愚蠢使命的人们？
这种圣彼得式忠诚的模范
"离开她平和的丈夫
只因她已经看够了他"——
那演说家提醒你，
"我归你调遣。"
"与爱有关的一切都是神秘；
那不止是一天的工作
探究这门科学。"
人们明白它是稀有的——
那种对立者的惊人把握，它们
对立于彼此，而非联合体，
后者在循环的包容性之中
已经矮化了哥伦布
用鸡蛋作的演示——
简单性的一个胜利——
那慈善的友拉革罗[1]
出自恐怖的无欲无求

---

1. Euroclydon，《圣经·使徒行传》中的地中海东北暴风。

为世所厌憎，
承认：

　　　"我是这般一头牛，
　　　若我有悲伤
　　　我当感受它很久；
　　　我不是那些人中的一员
　　　他们有一份大悲伤
　　　在早晨
　　　又有一份大欢乐在中午"；

它说："我曾与它邂逅
在那些毫无矫饰的
智慧之门徒中间，
那里似乎列队行进着
作为辩论者与罗马人，
一个古代丹尼尔·韦伯斯特[1]的
政治家风范
坚持他们性情的简单性
作为问题的本质：

　　　'自由与联合
　　　现在及永远'；

书在写字桌上；
手在胸袋里。"

---

1. Daniel Webster（1782—1852），美国政治家。

# 一头章鱼

由冰构成。欺骗性地沉静而又扁平，
它躺"在宏伟之中并呈整块"
在一片变幻的雪丘之海下面；
仙客来红与栗色的圆点在它被明确定义的伪足之上
材质为会弯曲的玻璃——一个亟需的发明——
含二十八个五十至五百英尺厚的冰原，
具有想象不到的精美。
"从裂缝中采食玉黍螺"
或用巨蟒那同轴碾压式的严酷杀死猎物，
它徘徊向前"类似蜘蛛
伸开它的臂膀"如缎带般引人误解；
它"幽灵般的苍白变化
成为一个海葵星布的水池的绿金属色调。"
冷杉树，在"它们根系的巨大"之中，
从这些"望之悚然"的操作里超然升起
我们美国君王族系的朴素样本，
"每一棵都像它旁边一棵的影子。
岩石仿佛很脆弱，与它们生命的黑暗能量相比，"
它朱砂与缟玛瑙与锰蓝色内在的昂贵
任由天气摆布；
"被铁横向地玷污，在水滴落之处，"
被它的植物和它的动物所识别。
走完一圈，
你已受骗而认为自己已然进步，
在落叶松礼貌的松针之下

"挂起来过滤，以免阻挡阳光"——

被密密编织的云杉细枝所迎接

"跟一边对齐像被修剪的柏树一样

仿佛没有枝条可以在它的陪伴以外穿透寒冷"；

而金银矿石的垃圾场包围着山羊镜[1]——

像小指头松糕一般的洼地呈人类左脚之形，

令你心存有利于它本身的偏见

趁着你还没时间移目他视；

它的靛蓝，豌豆绿，蓝绿和绿松石色，

从一百到二百英尺深处，

"以不规则的斑块汇合于湖中间

在那里，像一场风暴里的阵风

抹去冷杉树的阴影，风画出道道涟漪。"

什么地点可以拥有同等重要的价值

对于熊，麋鹿，鹿，狼，山羊和鸭子？

被他们的祖辈抢先占有，

这是苛求的豪猪的地产，

也属于老鼠，"一路滑向它沼泽里的洞穴

或者在高地上停步嗅闻石南花"；

属于"思虑周全的海狸

筑造的排水沟看似小心翼翼的人类用铁锹完成的作品，"

也属于熊，在意外地细察

蚁山和浆果矮树丛。

构成物为钙宝石和条纹大理岩柱，

黄玉，电气石晶体和紫晶石英，

---

1. The Goat's Mirror，指加拿大班夫国家公园（Banff National Park）内的阿格涅斯湖（Lake Agnes）。

它们的巢穴在别处，隐藏于混乱之中

"与大理石和碧玉和玛瑙搅在一起的蓝色森林

仿佛整个采石场已被炸毁。"

往上更高，在被围的牡鹿[1]位置

作为这些可怕石笋中一个火花闪耀的碎片，

兀立着那山羊，

它的眼睛凝注于似乎永远不会落下的瀑布——

一股被风支配的无尽线束，

在群峰的透视中不为重力所及。

一头特殊的羚羊

适应了"渗出穿透气流的岩穴

后者让你疑惑自己为何前来，"

它坚守它的领地

在云团之色，石化的白汽之色的悬崖上——

黑的足，眼，鼻和角，铭刻于炫目的冰原之上，

水晶山峰上的白釉之身；

太阳点燃它的双肩至乙炔一般的最高热度，将它们染白——

在这古老的基座上，

"一座山，那些优美的线条证明它是一座火山，"

它的顶部是一个完整的锥形像富士山的那样

直到一场爆发将它炸飞。

因一处美景而著名

对于它"造访者从不敢在家中完全谈论

因害怕被当成谎话精挨石子儿，"

大雪山是多种生物的家园：

---

1. Stag-at-bay，英国画家、雕塑家兰德谢尔（Edwin Landseer，1803—1873）的
名画。

那些"曾经住在酒店

但如今住在营地——更喜欢"的人；

由设阱捕兽人进化而来的登山向导，

"穿着两条裤子，外面一条较旧，

从脚到膝盖慢慢磨短"；

"九纹花栗鼠

以非哺乳类的敏捷奔过一段原木"；

河乌

怀着"它对激流和高压瀑布的热情，"

在某个微型尼亚加拉的弯拱下筑造；

白尾雷鸟"在冬季纯白，

以石南钟冠和高山荞麦为食"；

和西方的十一只老鹰，

"热衷于春的芬芳和冬的色彩，"

习惯了冰川毫不利己的行为

和"每个仲夏夜里几小时的霜冻。"

"它们的出场很漂亮，不是吗，"

乐于一无所见？

栖息在靠不住的熔岩和浮石上——

那些未经校正的烟囱管帽和突崖

明确"人的姓名与地址供通知

以防灾祸发生——"

它们听见冰的咆哮并监督水

慢慢地蜿蜒穿过绝壁，

那路"攀行有如

形成蜗牛壳周围凹槽的线，

来回转折直到雪开始的地方，它才结束。"

此间并无"故意睁大眼睛的渴望"

在沉入涟漪和白水的巨石之间
在那里"当你听见最好的森林野生音乐
肯定是一只土拨鼠,"
某个微不足道的天文台上,
"一场好奇与谨慎之间的斗争"的受害者,
打听是什么惊吓了它:
一块石头来自跃级而下的冰碛,
另一只土拨鼠,或玻璃眼睛的斑点小马,
成长于结霜的草和鲜花
和冰水的急流之上。
没人知道怎样就学会了爬山,
是为了娱乐需要
一年放假三百六十五天的商人教的,
这些斑点醒目的小马很是特别;
难以分辨白桦树,蕨草,和睡莲叶子,
山赤莲,火焰草,
樱草和猫尾草,
和无叶绿素真菌的缩微序列
在苔藓底座上侧面放大如水中的月长石;
斑纹动物的序列与
各式原生美国动物群相争
在杜鹃超乎硬叶之上的白花中间
水分在上面施行它的炼金术,
将青葱转变为缟玛瑙。


"就像地狱里的快乐灵魂,"享受着精神的困苦,希腊人
以微妙的行为自娱
因为它"如此高尚又如此公正";

并不擅长用他们的智慧来适应
捕鹰器和雪鞋，
登山杖和其他工具，都是由那些
"畅享活力充沛的乐趣之利"的人发明的。
弓，箭，桡和桨，树为之提供木材，
在比别处更有说服力的新国家——
增强那根本上是人道的主张，即，
"森林为住宅提供木材并以它的美
激发其公民的道德活力。"
希腊人喜欢平滑，不信任那
无法看清之物的背面，
以仁慈的确定性来解决，
"复杂性仍将是复杂性
只要世界延续"；
将我们笨拙地称为幸福的东西归因
于"一个意外或一种品性，
一种灵性物质或灵魂本身，
一个行为，一种性情，或一个习惯，
或一个被注入的习惯，灵魂曾受规劝将其养成，
或与一个习惯不同的某物，一种力量"——
那种亚当曾经拥有而我们依然缺乏的力量。
"情绪上敏感，他们的心是硬的"；
他们的智慧遥远
远离冷冷的官方讥讽之下这些奇特神谕的智慧，
在这狩猎保留地之上
"枪，网，围网，陷阱和爆炸物，
租用的车辆，赌博和麻醉物是禁止的；
不服从的人被即时驱除

未经书面许可不得返回。"

不言而喻

可怕的是欲令万物惧怕一物；

一个人须按他得到的指示行事

并吃米饭，洋李，海枣，葡萄干，硬饼干和西红柿

若想"征服塔科马山[1]的主峰，

这朵石化的花朵简洁而无一碎片，

被切下时完好无损，

因其神圣不可侵犯的遥远而受诅咒——

像亨利·詹姆斯"因文雅而受公众诅咒"；

不是文雅，而是克制；

是对于做困难之事的爱

将他们冷落并摧残——一个对整洁并无同情的公众。

收束的整洁！收束的整洁！

冷酷的精确是这头章鱼的本性

及其对事实的包容性。

"如怀着深思熟虑的狡诈般缓缓爬行，

它的臂膀似乎从四面八方逼近，"

它迎面而来，头顶的风"将雪撕成碎粒

并抛掷它像一台喷砂器

从树上刮下细枝与松弛的树皮。"

"树"是不是那个词，表达这些

"藤蔓一样平伏于地"的东西？

有的"弯成半圆一侧有枝

暗示尘刷，而非树木；

有的在联合中找到力量，形成发育不良的小树丛

---

1. Mount Tacoma，美国华盛顿州西南部火山，现名雷尼尔山（Mount Rainier）。

它们被压扁的枝席萎缩，试图逃离"

"被冰削平又被风磨光的"硬山——

没有向风面的白色火山；

闪电在它的底部打闪，

雨落在山谷中，而雪落在山顶——

玻璃质的章鱼对称地削尖，

它的爪子被雪崩切断

"随着一支步枪爆响般的一声，

在一道化为齑粉如瀑布投下的雪幕之中。"

# 海洋独角兽和陆地独角兽

连同它们各自的狮子——

"长着无可测度的尾部的强大麟兽"[1]——

这些恰恰是

1539 年的制图师们[2]描绘的那些动物，

傲然回旋着

如此这般

在翻滚中呈现的白色长胸骨，

播撒巨大的杂草

与那些海蛇，它们的形体，在泡沫中成环，"令货主不安。"

知道一位航海家如何获取一头海洋独角兽的角

呈给伊丽莎白女王，

后者认为它值十万镑，

它们坚持不懈在喜欢的地方游泳，

找到海狮成群生活的所在，

散落在海滩上像石头与较小的石头一样——

而熊是白色的；

发现南极洲，它的企鹅国王和冰的尖顶，

和约翰·霍金斯爵士[3]的佛罗里达

"盛产陆地独角兽和狮子；

---

1. 英国诗人斯潘塞（Edmund Spenser，1552？—1599）《仙后》（*The Faerie Queene*）。

2. 瑞典传教士、作家马格努斯（Olaus Magnus，1490—1558）《北方地带之海图与描述》（*Carta Marina et Descriptio Septentrionalium Terrarum*，1539 年）。

3. Sir John Hawkins（1532—1595），英国贩奴者、海军司令、航海家、私掠船长。

既然一个在那里，

不可能看不到它的宿敌。"

由此天性截然相反的品格，

才得以如此这般地组合

当他们达成共识时，他们的一致是伟大的，

"在政治上，在贸易，法律，体育，宗教，

瓷器收藏，网球，以及上教堂方面。"

你已经注意到了这奇异动物的四重组合，

在绣着

求同存异的"优美花环"的刺绣之上——

天青石与石榴和孔雀石的

荆棘，"桃金娘枝条和月桂茎秆，"

"蜘蛛网，红腹滨鹬，和桑椹"——

不列颠尼亚[1]的海洋独角兽及其逆子

如今浮夸地原生于新的英国海岸；

而它的陆狮则奇怪地容忍它那些太平洋上的对应者，

西方的水狮。

这是一个奇特的兄弟会——这些海狮和陆狮，

陆地独角兽和海洋独角兽：

狮子谦恭地抬高前腿，

温驯又退步有如厄瓜多尔的长尾熊——

狮子直立而起在这面交织空气的屏障

即森林之前：

独角兽也一样，支起后腿相对而立。

对猎人来说是一个谜，这万兽之中最高傲者，

迥异于那些生而无角的，

---

1. Britannia，英国的象征，常以戴盔持盾及三叉戟的女子形象呈现。

像圣哲罗姆[1]的驯服狮子任由驱使，有如家养；

自豪地厌恶犬类

后者惶恐那链式的闪电

从它的角上劈下戏耍它们——

狗儿对它穷追不舍仿佛它可以被抓住，

"汲取愉悦的恐怖"自它的"月光咽喉"

像它的白色外衣般着火又如火蜥蜴皮一样烧之不尽。

如此谨慎以至消失几个世纪又再出现，

却从来捕捉不到，

保护独角兽的

是一种无与伦比的机制

锤炼而成有如行家铁匠之作——

这唯此一角的动物

头朝前纵身跳下一道悬崖，

走开时毫发无伤；

这门精湛技艺，像希罗多德一样，

除图片以外我从未见过。

因此这奇迹般难以捉摸的怪异动物，

已变得独一无二，

"不可能生擒，"

仅驯服于一个像它自己一样不招厌憎的女士——

同样奇怪地狂野而温柔；

"如此挺直而苗条如那单柱的

野兽的顶冠或曰犄角。"

在印刷的纸页上，

---

1. Saint Jerome（约347—420），古罗马天主教神父、神学家、历史学家，传说曾在荒野中拔除一只狮子爪上的刺而将它驯服。

或经由口传的话语，

我们有一份它的完整记录

以及究竟是怎样，不惧欺骗，

蚀刻成一只旧天体图中的马怪一般，

在一袭圣母玛利亚蓝的云或衣裙边，

"全身以威尼斯金的蛇，

与银，以及一些 O，略加"改进，

独角兽"枪旗般高，"急切地靠近；

直到全神贯注于这奇异之敌外表的样子，

在星图上，"在她膝头，"

它"温和狂野的脑袋伏下。"

# 猴谜[1]

有几分像猴或松树狐猴

猴子并无兴趣，

在一个类似福楼拜的迦太基的地方，向人出难题——

这"衔蜥蜴的帕多瓦[2]猫"，这"一片竹林里的老虎"[3]。

"一个多少有点交织的某物，"它不会出来的。

忽略那只福犬[4]吧，它直截了当地不只是一条狗，

它的尾巴以一个自满的半螺旋搭在自己身上，

这棵松树——这头松树老虎，是一头老虎，不是一条狗。

它知道假如一个流浪者可以有尊严，

直布罗陀有过更多——

知道"孤独好过不快乐"。

一棵模仿玉和硬石刀具的雕刻作品构思的针叶树，

一件真正的古玩，在这古玩收集的侧道上，

它值得上与它等重的黄金，但无人将它带走

在这些森林里社会的无知是庞大的，

狮子凶猛的菊花头相比之下很是友善。

这豪猪毛的，复杂的生硬——

这就是美——"某种带来最好结果的骨架比例。"

人们困惑的是，然而，不知道它为什么应该在这里，

在尘世里这个忧郁的部分——

根本交代不了它的起源；

但我们证明，我们不解释我们的诞生。

---

1. Monkey Puzzle，智利南洋杉。
2. Paduan，帕多瓦（Padua）为意大利东北部城市。
3. 日本禅僧、画家雪村周继（1504—约1589）《龙虎图之虎》。
4. Foo dog，中国建筑门前的石狮子。

## 不明智的园艺

假如黄色标志不忠，
　　我便是一个不忠者。
　　　　我不能对一朵黄玫瑰心怀病恶之意
　　　　就因为书上说黄色呈现凶兆，
　　白色预示吉祥。

然而，你特别的拥有，
　　隐私感，
　　　　其实可能会蔑视
　　　　被冒犯的耳朵，而不需要容忍
　　放肆之行。

## 致军事进展

你运用你的头脑
像一块磨石来磨
　　　谷壳。
你打磨它
并以你歪扭的机智
　　嘲笑

你的躯干，
匍匐之处乌鸦
　　降落
在如此衰弱的心上
如它的神所传授，
　　鸣叫

并拍打它的翅膀
直到骚动带来
　　更多
黑色的分秒兵丁[1]
再次复苏，
　　战争

代价低廉。
他们哀哭失去的

---

1. Minute-men，美国独立战争中时刻应征参加战斗的民兵。

头颅

并寻求他们的奖赏

直到傍晚的天空化为

红色。

# 一个鱼形的埃及拉制玻璃瓶

在此我们有渴
与耐心，从一开始，
    和艺术，如在一道被举起来让我们看见的波浪之中
    在其基本的直立之中；

不是易碎而是
强烈——那光谱，那
    蔚为奇观而敏捷的动物，鱼，
    它的鳞片以其光泽将太阳的剑拨开。

# 致一台蒸汽压路机

图解
而无应用对你来说什么也不是。
 你连低智都没有。你将一切粒子碾压
  为紧密的一致，随后在它们上面走来走去。

闪烁的石屑
被碾压到父块的水平。
 若不是"非个人的判断在审美
  问题上，一种形而上的不可能性，"你

或可完全达成
它。至于蝴蝶，我几乎无法想象
 有一只在关照你，不过质疑
  这增补的契合是徒劳的，若它存在的话。

# 致一只蜗牛

假如"浓缩是风格的首要魅力，"
你拥有它。凝练是一种美德
正如谦虚是一种美德。
我们在风格中珍视的
并非对任何一件
可以装饰之物的获取，
亦非那种伴生的品质，呈现为
某样已被说透之物的一个附属品，
而是那隐蔽的原理：
在脚的缺乏之中，"一种归结的方法"；
"一种诸多原理的知识，"
在你的颅后犄角这一奇怪现象之中。

## "什么也治愈不了病狮除了吃一只猩猩"

觉察到在假面舞会
的姿态里，有一种空洞
是美的轻盈动能无法补救的；
　　因为不成比例的满足在任何地方
　　都缺少一种成比例的气质，

他让我们知道而并不
用他双手谴责性的
举起来冒犯，他鄙视那种
　　用一只猩猩治愈我们的方式——他专心一意
　　要用新鲜空气窒息我们。

## 致法兰西的孔雀

在"看到你的财产就掌管它们"的时候你成了一只金色的松鸦。
斯卡拉穆恰[1]说你施魅迷走了他的魅力，
    却不是他的颜色？对，他的颜色也是若你喜欢。
    来自雕琢的布景与黑象牙的染料，
        你是感觉的珠宝；
            属于感觉，而非特许；是你但却踏着
        自由的步伐在市场
           与宫廷。莫里哀，
               你的第一次冒险那乱七八糟的保留剧目，是你自己
                    的事。

"隐修士不住在剧院里，"孔雀也不在一个单间里飞舞。
为什么要作区分？结果很好
    当你在台上的时候；你的胜利也不是买来的
    在严厉的可怕牺牲之下。
        你憎恨赝品；你咆哮着上上
           下下经过连场放肆的会议；
           国王也没有愈加不爱你
             世界也没有，
               出于其主要兴趣也为其自发的愉悦，你的宽尾被展
           开了。

---

1. Scaramouche，16 世纪意大利喜剧中的小丑。

## 过去即现在

假如外部的行动枯竭
　　而韵律过时，
　　　　我会复归于你，
　　　哈巴谷[1]，就像在一堂圣经课上
　　　　老师说起无韵诗的时候。
他说——我想我是逐字重复他的话——
　　　"希伯来诗歌是具有
　　　一种升华意识的散文。"迷醉提供
　　　　时机，权宜之策决定形式。

———————————

1. Habakkuk，7 世纪的希伯来先知。

## "他写了那本历史书"

瞧！你撒落一道
　　奇思异想之光在一个深刻的面具上这样
　　　　了不起，我曾经被它
惊呆的次数我都懒得去说。
　　　　　　那本书？标题都是垃圾。

真正地
　　简洁而活力满载，你的贡献有助于你父亲的
　　　　可读性并充分
贴合。谢谢你向我展示
　　　　你父亲的手迹。

## 暂居鲸鱼之内

试图用一柄剑打开锁闭的门，线穿
　　针尖，将遮荫之树
　　颠倒栽种；被一物的不透明所吞噬，海洋
爱它胜过爱你，爱尔兰——

你曾凭借各种短缺生存又生存。
　　你曾受女巫驱使由稻草
　　纺织金线也曾听见男人们说：
"有一种女性气质与我们的截然相反

让她做这些事。局限于一种
　　失明与天生无能的
　　遗传，她会变得聪明也会被迫屈服。
为经验所驱使，她会转身回返；

水寻找它自身的高度"：
　　而你也曾微笑。"运动中的水远
　　不是平的。"你见过它，当障碍正好阻挡了
路径时，自动上升。

# 沉默

我父亲以前常说，
"出众之人从不作长时间的造访，
必定让人领着看朗费罗墓
或哈佛的玻璃花。
自我依赖如猫——
它将自己的猎物据为隐私，
老鼠软搭的尾巴像一根鞋带从它口中垂下——
他们有时享受孤独
其言辞可以被
愉悦了他们的言辞掠走。
最深的情感总在沉默中显现自己；
不在沉默，而在克制之中。"
他这话也并非言不由衷，"把我的房子当成你的客栈吧。"
客栈不是居所。

# 何为岁月（WHAT ARE YEARS, 1941 年）

## 何为岁月？

　　何为我们的无辜
何为我们的罪？全都
　　赤裸裸，无一安全。又是从何而来
勇气：那未答的问题，
那果决的怀疑，——
哑然呼叫，聩然倾听——它
在不幸，甚至死亡中，
　　　　鼓舞他人
　　　　又在其失败中，激荡

　　灵魂变得坚强？那
看得深而又欣喜之人，是
　　那加入必死之命运
并在监禁中升
到自身之上的人，如同
大海在一个裂缝里，挣扎以求
自由而不得，
　　　　在它的屈服中
　　　　找到它的延续。

　　因此凡感受强烈者，
行其事。恰是那只鸟，
　　鸣唱时已然长高，直接
让自己的体格坚硬如钢。虽身陷囹圄，
他强大的鸣唱

说，满足是一件低微

之物，快乐是一件多么纯粹的事物。

　　此即必死的命运，

　　此即永恒。

# 苦熬者

　　"我们看见驯鹿
在吃草，"一个去过拉普兰[1]的朋友，说：
"自己找食；它们很适应

　　缺少 *reino*
即牧草，却可以跑十一
英里只要五十分钟；足面伸开于

　　积雪柔软之时，
并充当雪鞋。它们是苦熬者，
无论拉普兰和西伯利亚的雕绣

　　艺术家如何
漂亮地精制挽缰
或有锯齿皮饰边的鞍带。

　　一只望向我们
用它部分棕褐，部分白色的坚定脸庞——一个
高山花卉的女王。圣诞老人的驯鹿，终于

　　看见了，有灰
褐的毛皮，脖颈像火绒草或

---

1. Lapland，北欧一地区，包括挪威北部、瑞典、芬兰和俄罗斯科拉半岛（Kola Peninsula），大部分在北极圈内。

狮子脚——*leontopodium*[1]，更

确切地说。"而
这大烛台脑袋的装饰品
配置给一个装饰稀少的所在，被送

至阿拉斯加，
是一份赠礼，阻止
爱斯基摩人的灭绝。赢得此役的

是一个安静的人，
谢尔顿·杰克逊[2]，此族的福音
当着驯鹿的面为其宣读缓刑令。

---

1. 火绒草的拉丁语学名。
2. Sheldon Jackson（1834—1909），美国长老会牧师、传教士、政治领袖。

# 光是言说

人们可以谈论阳光多于
　　谈论言说；但言说
　　与光，各自
有助于彼此——当是法语时——
不曾辱没过那依旧
未根除的形容词。
是的，光是言说。自由坦诚
毫不偏颇的阳光，月光，
星光，灯塔光，
　　是语言。Creach'h
d'Ouessant[1]灯-
塔在它不设防的那一点
岩石之上，传承自伏尔泰

他焰光四射的正义抵达了
　　一个已遭毁伤之人；
　　传承自手无寸铁的
蒙田，他的平静，
依然保持而无视匪徒的
冷酷，点燃悔悟那拯救的
火花；传承自埃米尔·李特雷[2]，

---

1. 布列塔尼语："乌埃桑海角"，法国西北部乌尚（Ushant）岛上的灯塔。
2. Émile Littré（1801—1881），法国辞典编纂者、哲学家，以编纂《法语辞典》
（*Dictionnaire de la langue française*）著名。

语文学那坚定的，

炽热的八卷本

　　被希波克拉底[1]迷住的

编纂者。一个

烈火之人，一个诸种自由的

科学家，就是坚定的马克西米利安·


保罗·埃米尔·李特雷。英格兰

　　由海洋守护，

　　我们，有加固了的巴托尔迪[2]

自由高举着她的

火炬在港口边，听见法兰西

要求，"告诉我真相，

　　尤其是它

　　令人不快的时候。"而我们

能做的只是回答，

"法兰西一词意指

解放；意指这样一个人，能够

'激励无论哪个想起她的人。'"

---

1. Hippocrates（约公元前 460—公元前 377），被视为医学之父的古希腊医生。
2. Frédéric Auguste Bartholdi（1834—1904），法国雕塑家，自由女神像的塑造者。

# 他"消化硬铁"

尽管隆鸟

或曾经生活在马达加斯加的巨鸟，还有

恐鸟都灭绝了，

这骆驼麻雀，与它们

在体量上有所联系——那大麻雀

色诺芬见过他在一条小溪边行走——曾是并仍是

一个正义的象征。

这鸟守护他的稚儿有

一种母性的专注——而他

始终母亲般孵着蛋

一连六周的晚上——他的腿

是它们唯一的防卫武器。

他比一匹马更迅捷；他有一脚坚硬

如蹄；豹子

也不会更多疑。他如何

能够，既因其羽毛和蛋和幼崽而被捕获，

甚至被用作一只骑兽，去尊敬人类

后者演员般藏身于鸵鸟皮内，用右手

让脖颈扭动仿佛是活的一样

而从一只口袋里左手播撒谷子，这样鸵鸟们

就可以被诱骗与杀死！是的，这就是他

他的羽饰在古代曾是

正义的羽饰，他

　　滑稽的鸭仔脑袋在它

巨大的脖颈上转动有罗盘指针的神经质

当他警戒而立


　　在 S 状的觅食之中正

梳理着他铅皮背脊上的软毛。

那只被虔诚地呈现为

丽达[1]亲生的蛋

　　从中孵出了卡斯托耳与波吕克斯[2]，

是一只鸵鸟蛋。还能有什么更适合

于那片中国草坪，它


　　　就在上面牧养，作为礼物赠予一位

　　嘉赏怪鸟的皇帝，胜过这

一只，他筑其泥塑的

巢于尘土之中却将涉水

　　于湖或海中直到仅仅露出脑袋。

　　　　　　　　　·　·　·　·　·　·　·


　　六百个鸵鸟脑奉上

　　在一场筵宴之中，鸵鸟羽尖的帐篷

和沙漠长矛，珠宝般-

--------

1. Leda，希腊神话中斯巴达国王廷达瑞俄斯（Tyndareus）的王后。
2. Castor and Pollux，希腊神话中的双胞胎兄弟，合称狄俄斯库里（Dioscuri）。
卡斯托耳为丽达与斯巴达国王廷达瑞俄斯的儿子，波吕克斯为宙斯化为天鹅诱惑
丽达生下的儿子。波吕克斯请求宙斯让他与卡斯托耳分享永生，两人由此化为双
子星座（Gemini）。

美轮美奂的丑陋蛋壳

　　高脚杯，八对鸵鸟
戴着鞍具，戏剧化一个
总被外在论者遗漏的意义。


　　可见之物的力量
　　是不可见之物；甚至在
并无自由之树生长的地方，
所谓的蛮勇也都知道。
　　英雄主义令人疲于奔命，但
它却与一种贪婪相悖，后者并未聪明地放过
无害的单人牌戏


　　或身处宏伟之中的大海雀；
　　漠不关心早已吞噬了
所有巨大的鸟类除了一只警惕的巨型的
　　翼翅短小的，蔚为奇观地迅猛的走禽。
这一个仅存的反叛者
是麻雀骆驼。

# 学生

"在美国，"演讲者
开讲，"人人都必须有一个
学位。法国人不认为
所有人都可以有，他们不说人人
　　都必须上大学。"我们
倾向于感觉，在这里
　　　尽管可能没有必要

懂十五种语言，
一个学位并不过分。对于我们，一所
学校——像那歌唱的树，它的
树叶是齐声和鸣的嘴——
　　　既是一棵知识的树
也是自由的，——
　　　见于那些如出一辙的学院

座右铭，*Lux et veritas*[1]，
*Christo et ecciesiae*[2]，*Sapiet
felici*[3]。可能是我们
没有知识，只有意见，我们
　　　是本科生，

---

1. 拉丁语："光与真理"（耶鲁）。
2. 拉丁语："基督与教会"（哈佛）。
3. 拉丁语："智慧的快乐"（牛津）。

不是学生；我们知道
　　一直是侨民在微笑着告诉我们

我们曾问过他们"什么时候
你的实验才会完成?""科学
永远不会完成。"退避
家中的争吵，杰克·书虫过着一种
　　学院生活；戈德史密斯[1]说
而此地也像
　　法国或牛津一样，研究苦于

危险，——于书虫，霉菌，
和抱怨。但有人在新
英格兰已经懂得够多可以说
学生是人格化的耐心，
　　是一种英雄的
多样性，"耐得住
　　忽视与责难"——他可以"坚持

自己。"你不能揍母鸡来
让它们下蛋。狼毛是最好的毛，
但它不可以剪，因为
狼不会顺服。对知识就像
　　对狼的孤傲一样，
学生学习
　　是出于自愿，拒绝成为亚于

_____

1. Oliver Goldsmith（1728—1774），爱尔兰小说家、诗人、剧作家。

个体之辈。他

"发表自己的意见然后谨守于此";

他提供服务在

无奖赏之处,并且过于隐遁

　　让某些事物似乎无法触及

他,不是因为他

　　没有感觉而是因为他拥有如此之多。

# 光滑多瘤的紫薇

一只铜绿的鸟儿有草-
绿的咽喉光滑如一枚坚果蹦跃
    在细枝与细枝间歪歪斜斜，抄袭
中国花卉图片——商业般的原子
    置身硬叶之树那蓝-
    粉色的酒渣金字塔
    具有数学的
    圆度；一对中的
    一只。一只红雀长着一顶斧
冠直落，在两根细枝
之一上面，压弯那
        奇特的
        花束；还有


飞蛾和瓢虫，
一只脱靴器萤火虫，长着黑翅膀
    和一个粉色的头。"传说的白
耳黑夜莺，只唱
    纯梵文"理应
    在此——"要驯服聪明的
    真的夜莺。"主红-
    雀通常是一
    对，看上去有点奇怪，像
    "大使的
        长披风

129

穿衣的人


在纽约却梦想
伦敦。"这是工艺锯，
　　在一个妆盒鸽蛋上，有空间留给
狂热的草写体，仿佛用一只鸟爪写
　　在这一对下面
　　紫蓝色的盖子上——"以
　　友谊维系，以爱加冕。"
　　一个外表可能会骗人；如同
　　大象的楼斗菜管长鼻
　　摇摆着伸开——
　　一件随意的重物——是
　　　　精美的。
　　　　艺术是不幸的。


　　一个人可能是一个无可指责的
单身汉，是差一步
　　到康格里夫[1]。一只没有罗莎琳德[2]的
红雀来自人的所在，知道他们
　　不曾着意
　　在他的所在——这只鸟
　　说而不唱，"若无
　　寂寞我理应更加
　　寂寞，所以我保留它"——半是

---

1. William Congreve（1670—1729），英国剧作家。
2. Rosalind，莎士比亚《皆大欢喜》（As You Like It）中的人物。

日语。又有何关乎

我们紧握的双手，它们发誓，"和平生

富足；如

智慧生和平。"唉！

# 心乱如鸟[1]

长着天真宽距的企鹅眼，三只
　　　羽翼未丰的大嘲鸫在
褪色柳树下，
　　　站成一排，
翅膀轻触，庄严得柔弱，
直到它们看见
　　　它们不再更大的
　　　母亲带来
什么东西可以部分地
喂饱其中一只。

走向那断车架弹簧般
　　　间断高音的吱吱鸣叫，向着那
三个相似的，温和-
　　　覆膜的鸟眼
斑点的形体，她走过来；而每当
从其中一只的
　　　喙上，还活着的
　　　甲虫掉了
出来，她就把它捡起来再放
进去。

站在树荫下直到它们披上了

---

1. Bird-witted，意指无法保持专注。

它们打着厚厚细丝，苍白的
褪色柳表面的
　　外衣，它们摊开尾巴
和翅膀，一个接一个呈现，
那端庄的
　　白色条纹，纵列于
　　尾部又横展于
翼下，而那
手风琴

又再合上。是什么愉悦的音符
　　随着快速意外的长笛-
声冒出那机敏
　　成年之鸟
的咽喉，传回人的耳边，来自
那遥远的
　　无精打采的阳光-
　　照耀的空气，在
这一窝在此之前？多么尖利
鸟儿的声音已经变得。

一只花斑猫观察着它们，
　　正慢慢爬向树干上
那齐整的的三重奏。
　　对他颇不习惯
那三只腾出地方——不自在的
新问题。
　　一脚悬空失去了

它的抓握，又抬起来
找到细树枝
打算在上面栖息。那

为母者疾落而下，紧张那让血
　　生寒的东西，而获希望的回报——
出于辛劳——因为没有东西填得满
　　吱吱叫的没喂食的
嘴，投入必死的战斗，
并差点击杀
　　用刺刀的喙和
　　残忍的翅膀，那
智慧的谨慎-
爬行的猫。

# 英属弗吉尼亚[1]

苍白的沙子勾勒英格兰的旧

领地。空气轻柔，温暖，炎热

在点点雪松的祖母绿海岸之上

　　　　为红雀，红外套的火枪手，

　　　　喇叭花，骑士，

　　　　牧师，和野蛮的教民熟知。一条鹿-

径由教堂地板

　　砖铺成，和一座顶部雕刻的精美铺面坟墓，留存着。

　　如今藤蔓围绕的巨大朴树

　　　　星星落落着常春藤花，

　　　　将教堂塔楼遮蔽；

而一个伟大的罪人在此长眠于悬铃木之下。


　　一株贝母呈之字

　　　　朝向这不同寻常之人与罪人

高坛遮蔽的安息之所，他

　　　　等待一场欢乐的重生。威-瑞-沃-

　　　　考-莫-科[2]的皮冠之怪异可能并不

　　　　多于我们，有鸵鸟，拉丁语格言，

和小小的金马蹄铁；

　　　　给一个有才干的被刺鲼阻碍的先锋的武器——

---

1. Virginia Britannia，今美国弗吉尼亚州。
2. Werewocomoco，弗吉尼亚阿尔冈昆人（Algonquin，美洲印第安人部族）酋长
坡瓦坦（Powhatan，1550？—1618）的村子。

画得像个土耳其人，似乎——持续地

　　令人兴奋的史密斯舰长[1]

　　他，耐心以对

其下属，是一个好斗的平级者，对于


　　坡瓦坦则耿直不阿

　　而心怀感激。罕见的印第安人，为其加冕的

是克里斯托弗·纽坡特[2]！这旧领地拥有

　　全绿的雕塑成方盒的地块。

　　一片几乎是英格兰的绿色环绕着

　　它们。理治已在非英语的昆虫声响之间形成，

白色的墙玫瑰。像

　　丹尼尔·布恩[3]的葡萄藤一般粗，茎干有宽间距的大

　　而又钝的交替鸵鸟皮疣即荆棘。

　　　理治已形成了紫杉的墙

　　　自从印第安人知道了

詹姆斯敦[4]原本所是的古战场堡垒与土地的窄舌。


　　观察下那简练的弗吉尼亚居民，

　　那勇猛灰暗的一只，他驱策

猫头鹰在树与树之间，模仿

---

1. John Smith（1580—1631），英国探险者、海军司令、殖民地总督、作家，美国新英格兰地区（New England）的命名者与海军上将。
2. Christopher Newport（1561—1617），英国航海家，1607 年载送弗吉尼亚殖民地居留者的苏珊·康斯坦特号（Susan Constant）的舰长。
3. Daniel Boone（1734—1820），美国探险者、拓荒者。
4. Jamestown，1607 年英国在弗吉尼亚建立的殖民定居点，1619 年后成为弗吉尼亚州首府，17 世纪末弗吉尼亚州首府移至威廉斯堡（Williamsburg）后被废弃。

三声夜鹰或云雀或树螽的叫声——那铅-

灰铅腿的嘲鸫，脑袋

半转开去，冥想之眼僵死

如雕刻的大理石

眼，飞落无声，在半日头里沉思，

以高高的瘦腿站立仿佛他一无所见，

醒目，孤单，

在石-

顶的桌上，下有铅制的丘比特汇聚成基座。


铺成鲱鱼骨形的窄砖，

一道尘封的粉红色紧靠着矮黄杨-

边界的三色堇，分享常春藤架的荫蔽

连同墓地花边长靠椅，每侧一张，

连同那鸟儿：黄杨边界的有潮-

水域巨大漆黑的三色堇——壮丽；骄傲——

不是十年

而是一天，身披压倒性的天鹅绒；以及

灰蓝色安达卢西亚公鸡羽毛的苍白花朵，

边缘衬有墨线，软毛-

的眼，有赭石

在脸颊上。那最初缓慢的，鞍马疾行的队列


七叶树光泽的跳跃者

和五种步法的坐骑，工骡和

慢骡和紫藤交叉的门和"强固甜蜜的监狱"

是已发生之事的一部分——以黑色的

习语形容——来自"向前后-

退走一圈"；来自占据波托马克[1]

如同牛鹂，并在

契卡霍米尼[2]上安置黑鬼，

暴政疏慢的盟友和最好的

敌手。罕见而无气味-

的，有远见-

地炎热的，太甜蜜的，反复无常的花坛！旧领地

的鲜花颇为出奇。有的枯萎

于白天而有的在晚上闭合。有的

有香气；有的没有。猩红多翎

结果的石榴，非洲紫罗兰，

倒挂金钟和山茶花，全无；然而

房子般高闪闪烁烁的绿色木兰那天鹅绒-

纹理的花朵却充满了

麻醉的气味，轻率得像

栀子花的一样。甚至栀子花细枝的

黑暗叶脉在更绿的

叶上，衬着光

看的时候，它边上的小蜜蜂并不更多于荷叶边的

桃金娘所有的绉纱那丝般无物质的

暗淡花朵。奇特的帕能奇[3]

公主，戴着鸟爪耳环；有一只宠物浣熊

---

1. Potomac，从西弗吉尼亚流入大西洋沿岸切萨皮克湾（Chesapeake Bay）的河。

2. Chickahominy，弗吉尼亚州东部的河流。

3. Pamunkey，弗吉尼亚州阿尔冈昆印第安人部落，坡瓦坦联邦中的一支。

来自马特波尼[1]（好一只熊！）。阴柔的

　　奇特的印第安少女！奇特的薄-

　　纱与塔夫绸衣着说英语的一个！水龟

肉和羽饰的勺

　　喂食那位女主人，她拥有法国暗紫与绿松石管的躺椅；

　　拥有黄铜门把的条板前门，和处处开启的

　　阴暗房宅在印第安-

　　名字的弗吉尼亚

水流之上，在以英国领主命名的郡县里。响尾蛇很快


　　就说，从我们曾经抖擞地

　　毫不腼腆的第一面旗帜上，"不要踩到

我"——一个新共和国并不老练的象征。

　　优先权发源于这个不以

　　谦卑著称的地带；有着

　　高唱的青蛙，水生铜头蝮蛇和棉-

花田的地点；一种独一无二的

　　有奔狼图案的劳伦斯陶器；和太过

　　无毒的一身温绿的水龟，

　　在海平面附近闲游；

　　烟草作物

记录在教堂的墙上；一座魔鬼木场[2]；和一砖


　　厚的蛇形墙，建者为

――――――――――

1. Mattaponi，弗吉尼亚州东部河流。
2. Devil's Woodyard，特里尼达和多巴哥的泥火山。

杰斐逊[1]。就像勒颈无花果窒息

一棵榕树，无一名探险家，绝没有哪个帝国主义者，

　　无一个我辈中人，在拿走我们

　　乐取之物时——在殖民化一如

　　所谓的时候——曾是怜悯的同义词。

那红皮人，戴着鹿-

　　皮的王冠，以其残忍闻名，并非浑身膂力

　　与兽性。户外的茶几，

　　曼陀林形状的大

　　小无花果，

蚕桑树，法国的麦尔纱裙，有马德拉[2]-


　　葡萄藤相伴的裙边，

　　相比殖民者在

此处有潮水域弗吉尼亚发现之物，就是极度的

　　奢侈。那只小小的褐色篱雀，怀着鲁莽的

　　热忱，无法抑制

　　他对人类值得信赖的亲近的满足之情，

即使在黑暗里

　　也吹奏他狂喜的欢悦迸发——藏茴香籽-

　　斑点的麻雀栖在露水打湿的杜松之上

　　在窗台一边；

　　这小小的篱-

雀醒来比云雀早七分钟。


---

1. Thomas Jefferson（1743—1826），美国政治家，第三任美国总统。
2. Madeira，非洲西北沿大西洋岸岛屿，以产白葡萄酒著名。

活的橡木起伏的树枝那幽暗的

金缕银丝，一棵柏树蚀刻的

坚固，不可分割

离弃现已年迈的英国朴树，

随着失去同一性而化作

土地的一部分，当日落燃烧得愈来愈烈

映衬着树叶雕凿的

渐趋幽暗的绿之山脊；而云团，延伸在

那镇子的刚愎之上，将它矮化，将傲慢矮化

它可能曲解

重要性；并且

对孩子来说是何为荣耀的一个暗示。

## 斯潘塞的爱尔兰

并未改变；——
　　　一个和善的所在恰如它是绿的，
　　　我从未见过的最绿的所在。
每个名字都是一首曲子。
谴责并不影响
　　　　　罪人；打击亦无用，但
无人与他说话乃是他的苦刑。
它们是自然的——
　　　　　　外套，像维纳斯的
斗篷以群星镶边，
扣到近脖颈处——袖子因弃用而崭新。

若在爱尔兰
　　　他们需要时向后弹奏竖琴，
　　　并在中午搜集
蕨草的种子，躲避
他们"全身披挂铁甲的巨人"，可不可能
　　　　　有蕨草的种子有助于忘-
却执念并恢复
那魅惑之力？
　　　　　　受阻碍的人物
很少有母亲
在爱尔兰的故事里，但他们都有祖母。

这是爱尔兰人；

成就的是一场匹配而非一场婚姻

当时我的曾曾祖母曾经

以与生俱来的天才为

分离说话，"任你的求婚者再

完美，一个反对

就够了；他不是

爱尔兰人。"智胜

仙女，与复仇女神[1]为友，

无论谁再二

再三地说，"我永远不会放弃，"都从不明白


你并不自由

直到你被俘虏为

至高信仰的囚徒——轻信么

你说的是？当优美的大

手指用一根针颤颤巍巍地

挑开给七月中准备的

蝇饵的翅膀，用孔雀尾巴将它遮住，

或系上羊毛和

鸬鹚的翅膀，它们的骄傲，

像魔法师的一样

是处于照护，而非疯狂之中。协作的手分割


亚麻做锦缎

它被爱尔兰天气漂白的时候

有一张皮肤那种镀银

---

1. Furies，希腊与罗马神话中司复仇的三女神。

羚羊皮革的

水密性。绚绞的项环和黄金的新月形

        月饰并非珠宝

像紫珊瑚色倒挂金钟树那种。艾尔瑞[1]——

海鸠

            如此匀整又是石南

荒野的雌鸟和

斯皮耐琴[2]蜜语的朱项雀——言说无情？然后


他们于我

    就像受了魅惑的杰拉尔德伯爵[3]

    把自己变成一头雄鹿，变成

山上一只绿眼睛的大

猫。麻烦令

         他们不可见；他们已然消失-

无形。爱尔兰人说你的问题是他们的

问题而你的

        快乐是他们的快乐？我希望

我可以相信；

我困扰，我不满，我是爱尔兰人。

---

1. Eire，爱尔兰的旧名。
2. Spinet，18 世纪流行的小型羽管键琴。
3. Earl Gerald，指杰拉尔德·菲茨杰拉德（Gerald FitzGerald，11th Earl of Kildare，1525—1585），人称"巫师伯爵"（Wizard Earl）。

# 四台石英晶体钟

有四个振动器，世界上最精准的钟表；
　　这些石英时计报告
时间间隔给其他时钟，
　　这些无间运行的时钟运行良好；
各自独立地同一，存放在
　　41°贝尔
　　　　实验室时间


金库里。以一台精度测量仪与阿灵顿[1]核对，
　　它们校准"radio[2]，
Cinéma[3]，"和"presse[4]"——一个组合
　　被希劳杜[5]企望精确
真理局名之为
　　"真理的工具。"我们知道——
　　　　正如让·希劳杜所说，


某些阿拉伯人还没听说——拿破仑
　　死了；那片石英棱柱在
温度变化时，会感觉

---

1. Arlington，弗吉尼亚州阿林顿市的无线设施，从 1913 年开始每天传输华盛顿特区美国海军天文台（United States Naval Observatory）的时间信号。
2. 法语："电台，无线电"。
3. 法语："电影"。
4. 法语："报刊"。
5. Jean Giraudoux（1882—1944），法国小说家、散文家、剧作家、外交官。

变化以及当时
通电交流的边缘
　　被反向充注，威胁
　　　谨慎的计时；因此

这水般清澈的晶体如希腊人常说的，
　　这"清澈的冰"必须保存于
同一凉度。重复，对于
　　科学家，应当
与精确同义。
　　狐猴学生可以看到
　　　一只指猴不是

一只金熊猴，树熊猴，或懒猴。海-
　　边的负担不应难住
那侍应生带着浮标球
　　尽力通过
酒店的女客们；同样一只
　　熟练的耳朵也不可能迷惑那些
　　　动物标本剥制者的玻璃眼睛

都戴着来自验光师的眼镜。而当
　　子午线-7一-二
一-二[1]播报，每隔十五秒
　　以同一个声音，新的

--------

1. MEridian-7 one-two/one-two，即 MEridian-71212，纽约电话局 1934 年开设的
电话报时服务。

数据——"时间会是"等等等等——
　　你便意识到"当你
　　　　听到信号时，"你会

听见朱庇特或 jour[1] pater[2]，昼神——
　　被拯救的时光父亲之子——
告诉食人的克洛诺斯[3]
　　（他的后继
新生子嗣的噬食者）准时
　　不是一宗罪。

———————

1. 法语："白昼"。
2. 拉丁语："父亲"。
3. Chronos，希腊前苏格拉底哲学及其后文学中时间的人格化身。

# 穿山甲

又一种装甲动物——鳞片

　　　叠鳞片有着云杉球果的规整直到它们

形成不间断的中央

　　末尾一行！这有头有腿有砂砾装备的脾胃的近朝鲜蓟，

　　夜间的缩微艺术家工程师乃是，

　　　　　对，列奥纳多·达·芬奇的摹本——

　　　　　　令人激赏的动物和我们极少听见的苦工。

　　　　装甲似乎过度。但对他而言，

　　　　闭合的耳梁——

　　　　　　或连这小小的隆凸都没有的

　　　　　　裸耳和同等安全的


收缩的鼻子和难以索解地

　　　可闭的眼孔，则不然；——一只真正的食蚁兽，

不是食蟑螂兽，他忍受

　　夜间耗尽力气的孤独行程穿越不熟悉的地界，

　　日出前返回；在月光里迈步，

　　　　奇特地走在月光之上，他双手的

　　　　　　外缘可以承受其重量并节省爪子

　　用于挖掘。蛇盘于

　　　树周，他退

　　　　　避危险而并不好斗，

　　　　　　一声不响除了一种无害的嘶音；保持着


那份脆弱的优雅，属于雷顿-

巴泽的托马斯[1]的威斯敏斯特修道院[2]锻铁藤蔓，或
把自己卷成一个球，它有

力量可以抵抗一切展开它的努力；强劲地卷着尾，匀称的
头部为核，在不断开的脖颈上，四脚内卷。

尽管如此他仍有防刺的鳞片；和石头
的巢以泥土由内封闭，他可以此使其变黑。

太阳和月亮和白天和黑夜和人和野兽
各有一种光辉
人类以其所有的卑鄙仍不能
置之不理；各有一种卓越！


"畏惧却又可畏，"那披甲的
食蚁兽遭遇矛蚁时不会转身，而是
吞噬他可吞噬的，尾巴上扁平的刀

锋叶尖与配有朝鲜蓟的腿与躯体的刀片
狂暴地颤动，当它回击

并攀到他身上。紧凑如收拢的流苏褶边
在盖加洛[3]一个斗牛士的空心铁头的
帽檐上，他会落下并会
随后走开去
没有受伤，而若未遭侵犯，
他便小心翼翼地下树，借助


于他的尾巴。那巨大的穿山甲－

---

1. Thomas of Leighton Buzzard，13 世纪末英国锻铁大师。雷顿巴泽（Leighton Buzzard）为英格兰南部小镇。
2. Westminster Abbey，伦敦的哥特式大修道院。
3. Pablo Gargallo（1881—1934），西班牙雕塑家、画家。

尾巴，优雅的工具，作为道具或手或扫帚或斧子，长有尖梢如同
大象特殊皮肤的长鼻，
并未消失在这吞食蚂蚁和石头难以伤损的
朝鲜蓟上，傻瓜们当它是一个活的寓言
由石头滋养，然而蚂蚁早已干了
这事。穿山甲不是攻击性动物；在
黄昏和白昼间它们有一种并非断链般机械般的
形状和无摩擦的蠕动，属于一件
优雅的事物，塑造者为逆境，敌-

对。解释优雅需要
一只好奇的手。若存在的一切根本不曾是永远的，
为何那些优雅装饰着尖顶
与动物一起并聚在那里休息，在冰冷奢华的
低矮石座上的人形——一个僧侣和僧侣和僧侣——在如此
精巧的屋顶支柱间，曾奴隶般苦行以将
优雅混同于一种慈善的风格，还一份债的时限，
治愈罪恶的方剂，一种优雅的用法
用依然
备受肯定的石头直桠分支出来横越
那些垂直线？一艘帆船

是第一台机器。穿山甲，同样
为安静地移动而造，是精确的楷模，
有四条腿；用后脚跖行，
以某种人类的姿势。在日与月之下，人奴隶般苦行
以使他的生活更甜蜜，离弃一半值得拥有的花朵，
需要明智选择如何运用他的力量；

　　　　　　　一个黄蜂般的造纸者；一个食料拖引者，
　　　　　有如蚂蚁；蜘蛛般编织长长的
　　　　　　　网，从一道溪流
　　　　　　　　　之上的悬崖；在战斗中，机动
　　　　　　　　　如穿山甲；倾覆于

沮丧之中。装扮俗艳或全然
　　　　　赤裸，人，那自我，我们称之为人的存在，书写-
大师之于这个世界，格里芬般呈现[1]一个黑暗的
　　　　　"相似不喜可憎的相似"；并错写四个
$r^2$。在动物里面，一种有幽默感。
　　　　　　　幽默节省几步，它节省岁月。不无知，
　　　　　　　谦逊而不动感情，又充满感情，
　　　　　他拥有永恒的活力，
　　　　　　　有力量成长，
　　　　　　　　　尽管没多少生物能够让一个人
　　　　　　　　　呼吸得更快又让一个人更僵立。

他不怕任何东西，
　　　　　　　然后畏缩向前，踏足缓行迎接一个障碍
走出每一步。合乎那个
　　　　　公式——温血，无鳃，两双手和几处毛发——这
　　　　　是一种哺乳动物；他就坐在自己的栖息处，
　　　　　　　身裹哔叽，足蹬重靴。恐惧的猎物，他，总是
　　　　　　　萎缩的，黯灭的，被黄昏挫败，劳作未竟，

———————————

1. Griffon，希腊神话中狮身鹰首蛇尾的怪物，此处用作动词。
2. "错（error）"有三个而非四个 r。

向交替的火焰说，

　"又是太阳！

　　日日更新；新而又新而又新，

　　进入并安稳我的灵魂。"

# 贝葵[1]

　　归于当局么，其希望
是由唯利是图者塑造？
　　归于作者么，他们身陷于
　　下午茶名声和
通勤者的舒适？不归这些所有
　　贝葵
　　构筑她的薄玻璃壳。

　　献上她易朽的
希望之纪念品，一个沉闷的
　　白色外面与光滑-
　　边缘的内在表面
亮泽如海，它不眠的
　　创造者守护着它
　　不舍昼夜；她几乎不

　　吃，直到卵已孵成。
八叠埋入她的八条
　　臂膀里，因为她在
　　一种意义上是一条魔鬼-
鱼，她的玻璃公羊角抱持的货物
　　暗藏却不被压碎；

---

1. Paper Nautilus，一种头足纲软体动物，有八根触角，雌体居于其薄如纸的卵囊壳中。

如赫剌克勒斯，被

一只忠于海德拉[1]的螃蟹咬到，
受阻而未成功，
　　那些严密
　　看守的来自
壳中的卵被释放时将它释放，——
　　留给它的黄蜂巢白色的
　　裂缝在白色之上，和紧密-

　　置列的爱奥尼亚式衣袍褶皱
像一匹帕台农神庙[2]骏马
　　鬃毛中的线条，
　　在其周身臂膀已
自行盘绕起来仿佛懂得爱
　　是唯一的堡垒
　　强大得足以托付。

---

1. Hydra，希腊神话中的九头蛇怪。
2. Parthenon，古希腊雅典卫城上的雅典娜神庙，建于公元前 447—公元前 432 年
之间。

# 无论如何（NEVERTHELESS，1944年）

## 无论如何

你已见过了一只草莓
　　它有过一场挣扎；然而，
　　却是，在碎片拼合的地方，

一只刺猬或一只海-
　　星，对于众量
　　的种子而言。有什么食物好

过苹果核——果
　　中之果——锁在里面
　　像反弧线的双

榛子？霜冻杀得死
　　青胶蒲公英茎的小橡胶-
　　作物叶子，却伤

不到根；它们依然成长
　　在凝冻的地里。有一回在
　　一片刺梨-

叶粘在铁丝网上的时候，
　　一棵根茎下行而长
　　在地下两英尺；

如同胡萝卜形成曼德拉草

或一只公羊角[1]根，有-
　　时候。胜利不会降临

到我身上，除非我走
　　向它；一根葡萄卷须
　　系成一个结中之结直到

结了三十次，——以致
　　那被束缚的细枝，遭遇下-
　　迫与上压，动弹不得。

弱者战胜其
　　威胁，强者战-
　　胜其自身。有什么

比得上坚毅！什么汁液
　　穿过那条细线
　　将樱桃变红！

---

1. Ram's horn，亦指角胡麻（一种北美洲草本植物）。

# 木鼬

优美地出现，臭鼬——
不要笑——身着森林黑与白的花栗鼠
华服。这墨色的东西
很适应地披上了闪烁的
羊皮的白，是守林员。裹着他
白鼬皮上饱染乌贼墨汁的羊毛，他是
果决的图腾。逐出了-
法外？他甜美的脸和有力的脚四处行走
穿着酋长的契尔卡特[1]布外套。
他是他自身抵御飞蛾的保护者，

高贵的小小武士。那
水獭皮在它，活的艾鼬身上，
窒息任何会叮的东西。好吧，——
这同一只鼬鼠很玩皮而他的鼬鼠
关联者也是。唯有
木鼬应当与我相关联。

---

1. Chilcat，北美阿拉斯加与不列颠哥伦比亚印第安部族的传统织物。

# 大象

抬起并挥舞直至固定不动
紫藤一般，相反相对的
鼠灰色缠绕嗅管的主干，由两只
象鼻构成，自斗至一种螺旋状的鼻间

死锁，在固若堤坝的巨体之间。它是一场
击倒拖出的激战，不求任何宽恕么？不过是
一场消遣，当象鼻将它虹吸而起的池水
淋洒在身上；或是当——因各自都必须

备足他四十磅的树枝餐——他折断
多叶的枝条之时。这些牙齿的圣殿骑士，
这些匹配的强度，对主要工具施行
标准照护。其一，以青年的平静睡着，

在半干日斑的河床上睡够全长，
将他猎号卷曲的长鼻安放在浅露的石头上。
睡眠者身躯之上的倾斜空谷
摇篮般托着那轻柔呼吸的山丘俯卧的

看象人，酣睡如一只无生命的六英尺
青蛙，这般羽量轻盈令大象僵硬的
耳朵觉察不到盘起的双腿的重量。而那
不设防的人形物睡得如此之熟犹如

被割出深深的皱纹，雕出宽宽的耳朵，
长着无敌的獠牙，凭魔法的毛发佑护安全！
犹如，犹如，全都是假如；我们
十分不安。但魔法的杰作是它们的——

胡迪尼[1]的镇定在平息他的恐惧。
愿为赞美诗与颂歌的大象耳朵
现场听者，这些执事一身灰色或是
灰色加腿或鼻上的白，是一个朝圣者的

妄想而非尊崇的模式——一个
没有任何牧师的宗教行列，
数世纪之久审慎之极未经排演的
戏剧。为佛牙所庇祐，驯服的野兽们

自身如长牙的寺庙庇祐这街道，看见
白色的大象负载着那张垫子
负载着那个匣子负载着那颗牙齿。
顺从于那些，与他相配的，身为蝼蚁

受托人之物，他不踩踏他们，当那颗白色-
华盖蓝色铺垫的牙齿被堂皇地
缓慢地归还至神社之时。尽管白色是
崇拜与哀悼的颜色，他

在此不为敬拜而他又太聪明

---

1. Harry Houdini（1874—1926），匈牙利裔美国魔术师。

而不会哀悼——一个终身囚徒但已顺伏。
象鼻紧凑地卷起——大象
败北的信号——他反抗过，但此刻是

理性的孩童。他直挺的象鼻似乎在说：当
我们企望之物落空之时，我们复活了。
因为失败从来无法改变苏格拉底的
宁静，平和乃是大象勉强

而为。对于动物中的这个苏格拉底
如同对于蜜蜂索福克勒斯[1]一样，后者的
墓碑上刻有一个蜂巢，甜蜜点染
他的庄严。他提起的前腿可用

作一道阶梯，供攀爬或落地，以
其耳朵之助，将动物的兄弟情谊
阐释给人这侵犯者，凭借
带点的小词，意为知——动词 bùd[2]。

这些知者"唤起那种感觉即它们是
与人结盟的"并能随其受托人而改变角色。
困苦造就战士；然后是可教性
造就他为哲学家——如苏格拉底，

审慎地检验这可疑之物，知道，

---

1. Sophocles，（约公元前 496—公元前 406），古希腊悲剧家，蜜蜂为他的绰号。
2. 或为梵语音译。

最明智者是不确定他知道的人。

骑在一只虎上的人永远无法下来；

睡在一头大象身上，那就是安憩。

# 一辆来自瑞典的马车

他们说有一种更甜的空气
　　在创造了它的地方，胜过我们此地所有；
　　一种哈姆雷特城堡的气质。
无论如何在布鲁克林有
某种让我感觉在家的东西。

无人看得见这件已弃置的
　　博物馆藏品，这辆乡村马车
　　是内心的欢乐将它造就为艺术；
然而，在这有污斑的
正直之城里它是一个涂了树胶的

率直脉络，来自北风
　　吹硬的瑞典那曾经反对-
　　妥协的岩石
之群岛。华盛顿与古斯塔夫斯·
阿道弗斯[1]，宽恕我们的腐烂。

座椅，挡泥板和光滑葫芦-
　　皮质地的侧面，一道花饰的阶梯，天鹅-
　　羽标刹车，和旋转的甲壳-
尾部的马科两栖生物
装饰着轮轴！好

---

1. Gustavus Adolphus（1594—1632），瑞典国王（1611—1632）。

一件精美物事！多么不讨人厌的
　　浪漫！又是何等美丽，她
　　　自然的背弯有如
雪鹭，灰眼而直发，
它会为她而来到门前——

它让我想起的正是她。斧劈
　　松木般的秀发，沉稳的塘鹅般清澈的
　　　眼睛和松针路径上的麋鹿般-
轻快的脚步；那是瑞典，自由人
之地与一棵云杉的土壤——

挺直而立虽是一棵幼树——全是
　　针：从一棵绿色的树干上，绿色一层
　　　又一层，凭它自己扇形展开。
灵巧的白袜舞蹈蹬着厚底
鞋！丹麦避难的犹太人！

七巧壶[1]和手织的地毯，
　　脚如树根身形如狗的克拉肯[2]，
　　　挂扣和给星期日
夹克镶边的青蛙！瑞典，
你有一个跑者名叫麋鹿，他

---

1. Puzzle-jugs，18—19世纪流行用作智力游戏的水壶，喝水时因壶颈有孔会漏水，必须找到秘密的管口才能将水吸出。
2. Kracken，挪威传说中的巨型海怪。

在赢得比赛时，就爱跑得

　　更多；你有向阳的山形墙-

　　两端正对东与西，桌子

布好以备开宴；以及折-

进去的成对衣褶有一种鱼鳍

效果，在你一个也不需要的时候。瑞典，

　　是什么让人们穿成那样

　　而那些看到你的人却希望留下？

那个跑者，不会太累可以跑得更多

在比赛结束之时？还有那辆

马车，海豚般优雅？一座达伦[1]

　　灯塔，自我照明的？——随时响应并

　　履行职责。我理解；

并不是人们奔跑于其上之时

提供弹力的松针路径，而是一个

带壕沟的白色城堡的瑞典——那坛

　　白花密集地种在一个 S 形里

　　意指瑞典与坚强，

技巧，以及一个表面[2]，上写

瑞典制造：马车是我的生意。

---

1. Gustaf Dalén（1869—1937），瑞典工业家，1912 年因发明结合供灯塔、浮标等照明的燃料蓄能器应用的自动调节装置而获诺贝尔物理学奖。

2. 瑞典（Sweden）、坚强（stalwartness）、技巧（skill）和表面（surface）首字母均为 s。

# 心是一件魅惑之物

是一件魅惑之物
　　像釉彩在一只
树螽翅膀上
　　　　被太阳细细划分
　　　　直到网格成群。
像吉泽金[1]弹奏斯卡拉蒂[2]；

像鹬鸵[3]锥
　　作为一个喙，或者
几维[4]毛羽的
　　　　雨披，心
　　　　摸索自己的路有如目盲，
行走向前两眼盯着地面。

它有记忆的耳
　　可闻而不
必倾听。
　　　　像陀螺仪的倒落
　　　　真正明确无误
因支配性的确定而真，

1. Walter Gieseking（1895—1956），法国裔德国画家、作曲家。
2. Domenico Scarlatti（1685—1757），意大利作曲家。
3. Apteryx，新西兰的无翼鸟类。
4. Kiwi，即鹬鸵。

它是一种

　　强大的魅惑力。它

像那鸽子-

　　　脖颈被太阳

　　　激活；它是记忆的眼；

它是有良知的自相矛盾。


它撕掉面纱；撕掉

　　诱惑，那

心脏蒙着的雾，

　　　从它的眼睛上——若是心脏

　　　有一张脸的话；它拆解

沮丧。它是火在鸽子脖颈的


虹彩里；在

　　斯卡拉蒂的

自相矛盾里。

　　　不迷惑提交

　　　它的迷惑给证据；它

不是一个无可更改的希律王誓言[1]。

---

1. Herod's oath，《圣经·新约》记载，希律王起誓应许希罗底的女儿的所求，后者求施洗约翰的头，希律王因所起的誓而只得将约翰斩首。

# 不信美德

更强韧去活，更强韧去拼死以求
　　勋章和排位的胜利么？
他们在战斗，战斗，与那
　　认为自己看得见的盲人战斗，——
他看不见奴役者是
被奴役者；仇恨者是被伤害者。哦闪耀着哦
　　坚强的星，哦喧嚣的
　　　　大洋汹涌直到小事物
　　任意而行，如山的
　　　　波浪令观看的我们，领略

深处。他们在战斗之前迷失于海上！哦
　　大卫[1]之星，伯利恒[2]之星，
哦主的黑色帝国
　　之狮——一个
崛起世界的徽章——最终要团结，要
团结。既有仇恨的王冠，其下皆为
　　死亡；也有爱的，没有它无人
　　　　是王；被赐福的功绩赐福
　　光环。如同疾病的
　　　　感染生疾病，

---

1. David（约 1000—约 962），《圣经》中的以色列国王。
2. Bethlehem，耶路撒冷以南一城镇。传说中大卫的故乡，耶稣诞生地。

信任的感染可生信任。他们在
　　沙漠与洞穴里战斗，一个接
一个，成营成队；
　　他们战的是我
或许仍可从疾病中复得的，我的
自我；有人伤得轻；有人则会死。"人
　　之于人是狼"而我们吞食
　　　　我们自己。敌人不可能
　　造成一个更大的裂口在我们的
　　　　防御之中。一个人引领-


着一个盲人可能逃离他，但
　　因虚假的安慰而沮丧的约伯知道
没有什么可以如此挫败
　　比得上一个盲人
看得见。哦活着的死去之人，那
骄傲于视而不见的人，哦尘世的小小土灰
　　走得如此傲慢，
　　　　信任产生力量而信念是
一件深情的事物。我们
　　　发誓，我们做出这个承诺


给战斗——它是一个承诺——"我们
　　永远不会憎恨黑种人，白种人，红种人，黄种人，犹太人，
异教徒，不可接触者。"我们
　　没有能力
发我们的誓。咬紧牙关他们在战斗，
战斗，战斗，——有的为我们所爱是我们所知，

有的为我们所爱却无所知——
　　　心可能感觉得到而不会麻木。
　　它将我治愈；或者我是不是
　　　我无法相信的东西？有的


在雪中，有的在峭壁上，有的在流沙里，
　　一点一点，很多很多，他们
在战斗战斗战斗哪里
　　有死亡哪里就会
有生命。"当一个人成为愤怒的猎物，
他为外界的事情所动；当他抱定
　　　他的立场保持耐心耐心
　　　　耐心，那就是行动或
　　　美，"战士的防御
　　　　和最坚强的装甲以备


战斗。世界是一个孤儿的家。是否
　　我们若没有悲伤就永远不会有和平？
若没有垂死者呼告以求
　　不会到来的救援？哦
尘埃之上无声的形体，我不能
看但我必须看。若这些伟大耐心的
　　　死去——所有这些苦痛
　　　　与受伤与流血——
　　　能够教会我们怎样活着，这些
　　　死去就没有白费。


因仇恨而变硬的心脏，哦铁的心脏，

铁总是铁直到它化为铁锈。

从未有过一场战争不是

　　内向的；我必须

战斗直到我在自身之内征服了那

导致战争之物，但我不会相信它。

　　我内向中什么也没有做。

　　　哦加略人[1]一般的罪！

　　美是永恒的

　　　而尘土是一时的。

---

1. Iscariot，即《圣经》中的加略人犹大（Judas Iscariot），十二使徒之一，出卖耶稣的人。

# 后期结集（COLLECTED LATER，1951 年）

## 一张脸

"我并非诡诈，无情，嫉妒，迷信，
傲慢，怨毒，或极度可憎的"：
　　细察并细察它的表情，
　　恼怒的绝望
　　　　尽管根本未入死局，
　　　　会欣然打碎镜子；

当对秩序，热忱，毫不委婉的简洁的爱
加上一份询问的表情，是一个人存在所需的一切之时！
　　某一些脸，几张，一两张——或一张
　　被记忆摄下的脸——
　　　　对于我的心，对于我的眼，
　　　　想必仍是一份愉悦。

## 凭借天使的安排

像极了我们自己的信使？解释一下吧。
由黑暗直陈的坚定不移？
某种不靠近它时听得最清楚的东西？
　　　　以上特质，
这些赞美无法亵渎的非特质。
　　　人们已经看到，以如此从不偏离的坚定，
　　　凭借黑暗一颗星星是如何臻于完美的。


不问我是否看见它的星星？
不会希望我将它连根拔起的冷杉？
不问我是否听见它的言辞？
　　　　神秘阐释神秘。
比坚定更坚定，令我目眩的星星，活着并且欣喜，
　　　不必说，多像一些我们曾经认识的人；太像她，
　　　太像他，并且永远在颤动。

# 二十面球[1]

"在白金汉郡[2]的树篱之中

　　鸟儿在融为一体的绿色密度间筑巢，

　　　　编织一点点线段和飞蛾和羽毛和蓟绒，

　　　　　　呈抛物线的同心圆弧"并且，

　　致力于凹曲，留下罕见效能的球状业绩；

　　　　相反由于缺乏协调，


贪求某人的财富，

　　三人被残害而十人犯伪证罪，

　　　　六人死亡，两人自杀，两人为其所冒风险而被罚款。

　　　　　　然而还有二十面球

　　在其中我们终令钢铁切割达至经济的顶峰，

　　　　因为二十个三角形相连结，可以包裹一个


球或双圆的壳

　　而几乎没有浪费，几何上如此

　　　　匀整，它是一个二十面体。正在制造一个的工程师们，

　　　　　　或者 J. O. 杰克逊先生可否告诉我们

　　埃及人如何能够将七十八英尺的固体花岗岩垂直筑起？

　　　　我们颇想知道那是怎么做到的。

---

1. Icosasphere，由二十块钢板建造的正二十面体盛贮挥发液体的容器。由美国匹茨堡-迪斯·莫伊耐斯钢铁公司（Pittsburgh-Des Moines）的总工程师杰克逊（J. O. Jackson）铸造于1949年。
2. Buckinghamshire，英格兰中部一郡。

## 他的盾牌

那 pin-swin[1] 或刺豚

    （刃猬被误称为刺猬）亮出他的所有锋刃，

    针鼹和棘皮动物身着破损的-

针垫刺毛皮大衣，那刺猪或豪猪，

    那口鼻生角的犀牛——

    全副披挂以备作战。

猪的毛皮做不到，我会把

    我自己裹在火蜥蜴皮里像约翰长老[2]那样。

    火焰中央的蜥蜴，一支火把

是活体的，石棉眼与石棉耳，有刺花的细毛

    和永久的猪身在

    脚背上；他可耐

火而且淹不死。在他

    不可战胜的不张扬风尚之国里，

    黄金平常得无人看重；贪婪

与奉承都闻所未闻。尽管红宝石巨大如网-

    球在河里连绵不断以

    致山脉恍如流血，

那不可熄灭的

---

1. 丹麦语："刺猬"。
2. Presbyter John，12—17 世纪欧洲传说中的基督教长老。

火蜥蜴只把自己打扮为长老。他的盾牌

　　是他的谦逊。裹着卡尔帕西亚的[1]

亚麻外套，身侧是他的家养幼狮和黑貂

　　　　随从，他透露了

　　一个配方安全更胜于

一名军械士的：放弃的力量，放弃

　　　　一个人愿意保留之物；即是自由。成为恐龙-

　　脑壳的，被羽的或长蜥蜴毛的，足踏铁靴

身裹标枪胜过一个钢铁的刺猬营，但要

　　　　愚钝。勿被嫉妒或

　　以一支测量杆为武装。

---

1. Carpasian，卡尔帕西亚（Carpasia）为塞浦路斯卡尔帕斯半岛（Karpas）的古城。

# "让他们的世界保持巨大"

尽如字面所述，他们的肉体和精神是我们的盾牌。

《纽约时报》[1]，1944 年 6 月 7 日

我想要看看那个国家的瓷砖，卧室，
石头院落
　　　　和古井：里纳尔多·
卡拉莫尼卡家皮匠的，弗兰克·斯布兰多里奥的
　　　和多米尼克·安吉拉斯特罗的国家——
　　　杂货商的，售冰人的，舞者的——那
　　美丽的达米亚诺小姐的；智慧的

　　　与所有天使的意大利，这个圣诞日
这个圣诞年。
　　　　一架无声的钢琴，一场
无罪的战争，可以逆自身而行的心。这里，
　　　个个不同又全都一样，可能么
　　　如此多人——绊倒，坠落，倍增
直到尸体如地面可行走其上——

　　"倘若基督和使徒白白死去，我将
与他们一起白白死去"
　　　　反对这种胜利的方式？

---

1. *New York Times*，创办于 1851 年的报纸。

那白色十字架的森林！

　　我的眼睛不会向它闭合。


　　尽皆躺卧如献祭的动物，

如山上的以撒[1]，

　　　　是他们自身的祭品。


　　行进到死，行进到生？

"让他们的世界保持巨大，"

　　　　他们的精神与他们的躯体

都尽如字面所述是我们的盾牌，

　　仍是我们的盾牌。


　　他们对抗敌人，

我们对抗肥胖生活与自怜。

　　　　闪耀，哦闪耀吧

　　不作伪的太阳，在这有病的风景之上。

---

1. Isaac，《圣经·旧约》中的亚伯拉罕之子，被作为祭品献给上帝，最终献祭被
神意阻止。

## 情感的努力

创世记告诉我们犹八和雅八的事[1]。
一个操弄竖琴，一个牧养牲口。

化腐朽为神奇的是莎士比亚的
"干草，甜蜜的干草，无可匹敌，"[2]
爱是非凡-平凡的固执
像拉封丹[3]的那样，由各自
成就仿佛各自独力成就，
微笑而心无旁骛；

    多么愉悦：

虫虺不侵盗贼不侵的结合
在其中非自以为的公正贬抑审视。

"你知道我不是个圣人！"圣化的执迷。
流血之心的——那奇特的橡胶蕨的魅力

置香水于羞耻。
未剪的象耳花枝
不会令一个自私的目的看似一个高贵的目的。
真切有如太阳

---

1. Jubal and Jabal,《圣经·创世记》："雅八就是住帐棚，牧养牲畜之人的祖师。雅八的兄弟名叫犹八。他是一切弹琴吹箫之人的祖师。"
2. 莎士比亚《仲夏夜之梦》。
3. Jean de La Fontaine（1621—1695），法国诗人。

可以腐败或修复，爱可以令一个人
成为野兽或一头野兽成为一个人。

故有完整——

健全？不妨说情感的努力——
成就太过坚固而难以破裂的结合。

## 贪食与真实有时在互动

我不喜欢钻石；
绿松石的"草灯光泽"更好；
而不招摇是令人目眩的，
有的时候。
某几种感激是恼人的。

诗人，不要大惊小怪；
大象那"弯曲的喇叭""真的会写字"；
而对于一本我正在阅读的老虎书——
你想你知道这本——
我负有义务。

一个人可以获得宽恕，是的我知道
一个人可以，为了不灭的爱。

老虎书：詹姆斯·科贝特少校[1]的《库蒙的食人兽》[2]。

---

1. Major James Corbett（1875—1955），英国猎手、博物学家。
2. *Man-Eaters of Kumaon*，出版于 1944 年。库蒙（Kumaon）为印度北阿坎德邦一地区。

# 合宜

是某个这样的词
　　如同和弦
　　　　勃拉姆斯[1]曾听见过
　　　　发自一只鸟，
在近于喉咙根的深处唱出；
它是小小的绒毛啄木鸟
　　　　　螺旋环绕一棵树——
　　　　　向上向上向上像水银一样；

　　一支不长的
　　麻雀歌
　　　　就干草籽
　　　　大小——
一支有调的静默，其严谨
来自源头的力量。合宜是
　　　　巴赫[2]的 Solfeggietto[3]——
　　　　玻璃键琴与低音。

　　鱼脊
　　在冷杉之上，在
　　　　阴郁的树上

---

1. Johannes Brahms（1833—1897），德国作曲家、钢琴家、指挥家。
2. Carl Philipp Emanuel Bach（1714—1788），德国作曲家，约翰·塞巴斯蒂安·巴赫（Johann Sebastian Bach，1685—1750）的第五子。
3. 巴赫 1766 年作的 C 小调单键短曲。

靠近大海

浪打的岩壁——拥有它；而

一弯月虹与巴赫欢悦的坚定

在一个小调之中。

它是一只猫头鹰和一只猫-


两者都满意的

协作。

来吧，来吧。它

是以机智调和的；

它不是一种优雅的悲伤。它是

低头的反抗，像狐尾

黍的一样。勃拉姆斯与巴赫，

不；巴赫与勃拉姆斯。感谢巴赫


作他的歌

在先，是错的。

原谅我；

两者都是

无意的三色堇脸

未受自我检查的诅咒；熏黑

只因生来如此。

## 盔甲颠覆性的谦卑

起初我以为一只毒虫
必定已落在我的手腕上。
那是一只飞蛾几乎是一只猫头鹰，
它翅膀上的毛长得如此之好，
有巴加门¹棋盘的楔形交织
在翼上——

像金的布料有一种鳞片
图案现出一道髯海豹的波斯
光泽。曾经，自决
打造过一柄石斧
并用毛爪削东西。结果——我们错排的
字母表。

起来吧，天亮了。
即使天才的学者也会迷路
经由错误的词源。
难怪我们憎恶诗歌，
和星星和竖琴和新月。倘若颂辞不可以
含蓄，

就给我漫骂和碘酒的香气，
西班牙种植的软木橡果；

---

1. Backgammon，一种西洋十五子棋戏。

那种苍白麦芽酒眼睛的非个人形貌
是销售标牌给博克啤酒雄鹿[1]的。
有什么比精确更精确？幻觉。
我们曾经认识的骑士，

像那些熟悉的
如今不熟悉的寻找圣杯的骑士，是
古罗马风格的 *ducs*[2]
并未添加
花环和银杖，盔甲亦不镀金
或镶嵌。

他们并不任由自我妨碍
他们对其他不同的人的
助益。尽管玛尔斯[3]对于预防
是过度的，
英雄也无需撰写一份属性序列表来枚举
他们憎恨的事物。

我应当，我承认，
乐于和他们的一员谈论过度，
及盔甲颠覆性的谦卑
而非无辜的堕落。
一份钢镜的不坚持应当宽容

---

1. 指老波希米亚博克啤酒（Old Bohemian Bock Beer）广告与商标上的山羊图形。
2. 中古英语，即 dukes（公爵，爵士）。
3. Mars，罗马神话中的战神。

节制，

　　被客体化而非出于偶然，
　　在它天真与高度
　　的环境框架里
　　在一种脱离陈腐的孤独之中。
那里有晦暗；那里，有永不磨灭的企望。

# II. 更晚的诗 （LATER POEMS）

# 如一座堡垒（LIKE A BULWARK, 1956 年）

## 如一座堡垒

被确认。为牢牢掌握它的力量所禁锢——
一个悖论。被禁锢。被狠狠压制，
　　你承受责难而不受玷污。

　　　　终遭贬抑？
　　　　并非那风暴蹂躏者。
被重压；被爆炸的推力加固
　　直至紧实，如一座堡垒对抗命运；
　　　　铅弹致敬的，
　　　　为铅弹所致敬？
仿佛让旧日荣光[1]在桅顶飘扬。

---

1. Old Glory，即美国国旗。

# 光辉之幻影

分享神奇
　　因为从未按字面为人所知，
丢勒的犀牛[1]
　　原本或许会让我们同样吃惊
　　若是精巧地长着黑白脊骨。


像另一只豪猪，或蕨草，
　　拱曲的白鹭身上的嘴巴
太黑而难以分辨
　　直到暴露为一道剪影；
　　但双排列阵的黑玉的蓟——


据推测是不适宜的——
　　从未长过一根硬毛。它是否
某种愉快的幻想，
　　绒鸭耳朵的直白展示
　　呈现扎根在乌黑苔藓上的刺，


或"由豪猪托起的裙裾——
　　一个仙女的有十一码长"？……
如闪电耀射
　　在蓟一般细的枪矛之上，在
　　一排尖刺短过一排的尖刺之间，

---

1. 丢勒《犀牛》（*Rhinocerus*，1515 年）。

"林立以为防护，"同为暗色

在底部——在那里尖针缭乱

迸现而不显任何足印；

这一种对称的设置

你不可触碰，除非你是一个仙女。


缅因州应该欣慰它的动物

不是一个摇摆不定者，而与其

争斗，宁愿让一触即发的硬毛垂下。

肤浅的压迫者，入侵者，

坚持者，你已找到了一个抵抗者。

## 然后是白鼬：

"宁死而无瑕"；并且相信
　　尽管有理由作他想，
我在白天看到了一只蝙蝠；
难以置信

但我知道我是对的。它让我着迷——
　　摇摆如一只野兔在-
绿草间，在我周围来来回回
神魂不定。

并非手握大锤的虚张声势
　　战略本可以选择
一个座右铭的威势：
*Mutare sperno*

*vel timere*——我不改变，不懦弱；
　　在什么立场上一个人可以
说我是难以吓倒的？
世事难确定。

失败，和拉瓦特尔[1]的地相学
　　有另一个崇拜者

──────────────

1. John Kaspar Lavater（1741—1801），瑞士诗人、作家、哲学家、地相学家、神学家。

对于隐晦中的技艺——

现在是一件新奇之事。


那就让 *palisandre*[1] 长靠椅来表达它，

　　"黑檀紫，"

盛装的科尔博[2]老爷，

和牧羊女[3]，


一声令人兴奋的嘶哑乌鸦音

　　或亲密的尊贵。

受阻的爆破性却是

一种先知，


一个完善者，所以又是一个隐瞒者——

　　有内爆的力量；

像丢勒所作的紫罗兰[4]；

甚至更暗黑。

---

1. 法语："黄檀木"。
2. Corbo，音同法语"Corbeau（乌鸦）"。
3. Shepherdess，亦指一种 18 世纪法国装饰扶手椅。
4. 丢勒《紫罗兰花束》（*Violett stauβ*，16 世纪）。

# 汤姆·福儿[1]在牙买加

看约拿[2]从雅法[3]出发，被
鲸鱼所阻吓；艰难的行程留给一个无可阻遏的政治家，
尽管是一个不愿死不悔改的人。
在你的危险之前绝不可犯错，因为你的系统会失败，
并要选西班牙男学童当作一个榜样
他在六岁时，描画了一头骡子和骑师
勒停下来就为一只蜗牛。


"有一种被湮没的豪迈，如维克多·雨果
所说。"*Sentir avec ardeur*[4]；就是这样；被感觉吸引。
汤姆·福儿"作一份努力并且次数
多于他者"——始于四月一日，一个有某种意味的日子
在暧昧的意义上——微笑的
阿特金森大师[5]的选择，带有一名冠军的那种标志，额外的
冲刺，在需要时。是的，是的。"机会


是一种令人惋惜的不纯粹"；像汤姆·福儿的
左白后足——一种不协调；尽管凭

---

1. Tom Fool（1949—1976），美国良种赛马。
2. Jonah，《圣经·旧约》中的先知，被一条大鱼吞噬，三天后被完好无损地吐出。
3. Joppa，以色列地中海沿海古城，1950 年起成为特拉维夫-雅法（Tel Aviv-Jaffa）的一部分。
4. 法语："怀着激情感觉"。法国贵妇布伏勒夫人（Madame de Boufflers，1711—1786）的诗。
5. Ted Atkinson（1916—2005），加拿大裔美国赛马骑师。

结果判断，类似于给他信心的棉尾兔。

　　　　在圆顶塔楼上比较速度，弗雷德·卡波塞拉[1]始终保持冷静。
"很激烈，"他说；"但尽由我掌控；怎么不行？
　　我很放松，我有把握，而且我不赌。"妙极。他不会
　　　　拿他活跃的

　　情人们来赌——他粉色与黑色条纹的，彩带或斑点的丝绸。
汤姆·福儿是"一匹好骑的马"，有一种雕琢清晰的步伐。你拥有
　　一个舞者对一种韵律的节拍或一只海豚
　　　　在船头的和谐跃动，到此境界赛手都轻易获胜——
像桑滔罗[2]顺调的腿，当定音鼓竞相而鸣之时；
　　鼻子僵硬，绒面革鼻孔扩张，一只轻盈的左手持缰，直到
　　　　怎么说呢——这是一支狂想曲。

　　当然，谈到冠军，就有法茨·沃勒[3]
有羽毛的轻触，长颈鹿的眼睛，而那只手落在
　　岂不是行为不端[4]上！欧西·史密斯[5]和乌比·布莱克[6]
　　　　令气氛高贵；你想起利比扎马[7]；

---

1. Fred Capossela（1902—1991），美国赛马播报员。
2. Centaurs，希腊神话中的半人半马怪。
3. Thomas Fats Waller（1904—1943），美国爵士乐钢琴家、作曲家、演奏家、歌手、喜剧家。
4. Ain't Misbehavin'，法茨·沃勒的歌（1929 年）。
5. Ozzie Smith，美国歌手、鼓手、生卒年不详。
6. Eubie Blake（1887—1983），美国作曲家、歌词作者、演奏家。
7. Lipizzaner，西班牙、意大利、丹麦及阿拉伯血统繁殖的马种，出生时为黑色或深棕色，五到八岁时逐渐变为白色，在维也纳的西班牙马术学校饲养及训练。

那回泰德·阿特金森骑着虎皮[1]冲刺而过——

视野内无追赶者———一路猫跃。而你或许见过一只猴子

骑着一只灵猩。"但汤姆·福儿……"

---

1. Tiger Skin（1950—?），美国良种赛马。

# 人们织起的意大利之网

愈来愈大直到它不是什么而是哪个，
被太多所模糊。那非常厌烦者可以独自
    选择要去的竞赛或市集。
    古比奥[1]的弓弩比武会？

为了安静的刺激，独木舟手
或桃子市集？或佩鲁贾[2]附近，骡子秀；
    若不是帕力奥[3]，就是屠戮萨拉森人[4]。
    人们致敬——当再一次回顾

这现代 *mythologica*
*esopica*[5]——它心灵的冷漠，
    那"将迷人的宝石分割的源泉"。
    而我们没有被结局迷住吗？——

截然不同于发生在
索邦[6]的事情；但不完全是，既然花开
    不止出于仅仅意在美景的天赋。

---

1. Gubbio，意大利中部城镇。
2. Perugia，意大利中部城市。
3. Palio，意大利中西部城市锡耶纳（Siena）每年 7 月及 8 月两次举行的传统马赛。
4. Saracen，罗马帝国时期叙利亚和阿拉伯沙漠的游牧民族。
5. 意大利语："神话的舶来物"。
6. Sorbonne，巴黎大学文理学院所在地。

因为其中有心所以一切都好。


第 1 和第 2 节大部分引自一篇米切尔·戈德曼[1]的文章，"意大利为游客而办的节日与市集"（*Festivals and Fairs for the Tourist in Italy*），《纽约时报》，1954 年 4 月 18 日。

---

1. Mitchell Goodman（1923—1997），美国作家、活动家。

# 埃斯库拉庇俄斯[1]之杖

一个精专的标志，来自最初的
　　实验，诸如希波克拉底施行
　　　　并取代模糊
　　猜测的那些，制止
　　　　瘟疫的蹂躏。

一个"继续"；是的，康复就是那个词
　　指称曾被一种病毒藐视的研究，
　　　　亦指称那病毒学家
　　他有仍未经尝试的变量——
　　　　满怀太多激情而无法终止。

假设研究已击中了正确答案
　　一种被杀死的疫苗有效
　　　　姑且说是暂时地——
　　为时一年——尽管一个活的
　　　　可以带来终身免疫，

知识已经获取以备下一次进攻。
　　选择性的伤害针对癌
　　　　细胞而不伤害
　　正常细胞——又一个

---

1. Aesculapius，希腊与罗马神话中的医药与康复之神，曾打造一支被蛇缠绕的棍杖，为医学及健康护理的标志。

收获——貌似预言成真。

此刻，肺切除之后，由外科医师填补空间。
　　对于植入的海绵体，细胞跟随
　　　　体液，附着，继而那
　　原本惰性的变成活的——
　　　　这就是框架。难道不

像那个大医师的苏美尔权柄么？——
　　那种动物的杖棍与肖像
　　　　它以蜕落其皮
　　而成为一个更新的标志——
　　　　医学的象征。

# 西克莫[1]

在一片枪械金属的天空之前
我看见一头白化长颈鹿。没有
　　树叶可修饰，
麂皮白如
所述，尽管在底部附近局部有斑，
　　它耸立的所在有一连串
　　踏脚石铺在附近一条溪流之中；
　　魅力可以激起任何

　　杂色之物的嫉妒——
汉普郡猪[2]，活的幸运石；或是
　　全白的蝴蝶。
一件寻常事：
优雅远不止仅仅一种。
　　我们不喜欢
　　不谢的花；它们必须死去，而九根
　　雌骆驼毛有助记忆。

　　配得上伊玛米[3]，
　　那波斯人——紧附着一支更硬的茎干的
　　是一件干燥的小

1. Sycamore，《圣经》中生长在中东的无花果树。
2. Hampshire pig，一种黑体上有白条纹的美国猪种。
3. Haj Mirza Aqa Imami（1880—1955），伊朗细密画家。

东西，来自草地，
呈一片皱叶剪秋罗状，
　　害羞得有形
　　　　仿佛要说："我就在那里
　　　　像一只田鼠在凡尔赛宫。"

## 迷迭香

美和美的儿子和迷迭香——
维纳斯和爱，她的儿子，明白点讲——
据说是生于大海
在圣诞节各自，相伴着，
把头发编成一个节日的花环。
　　　不总是迷迭香——

自从逃去埃及，花开得不同。
连同矛状的叶，绿但下面是银，
它的花——原是白的——
变蓝。记忆的药草，
模仿玛莉亚的蓝袍，
　　　不太似传奇

而无法既绽放为象征又为刺激。
从海边的石间萌生，
三十三岁时达到基督的高度——
它以露水为食而对蜜蜂
"有一种哑然的语言"；其实
　　　略似于圣诞树。

# 风格

  复活于埃斯库德罗[1]的恒常之中，属于
细如发丝的月亮的铅垂线轴——他那溜冰者的反弧。
再无狂热的校正器
    对于斜戴的帽子
  唯有埃斯库德罗；其他人无法结合的节拍。
    而我们——除了演化
   那经典的剪影，修长瘦削的狄克·伯顿[2]——


  有一个伊比利亚-美国冠军然而，
却是致命的埃切巴斯特[3]。迷倒了吗，你是不是，被索莱达德[4]？
并不悲伤的黑衣的孤独；
    像一封信来自
  卡萨尔斯[5]；或者说不折不扣的字母-
    S 音孔在一把大提琴上
    对向而设；或者我们该不该称她为


  *la lagarta*[6]？或是有萤火虫闪烁的竹子；
或是玻璃湖和垂直的一划带来的，

---

1. Vicente Escudero（1892—1980），西班牙弗拉门戈（Flamenco）舞者。
2. Dick Button（1929—  ），美国花样溜冰冠军选手。
3. Pierre Etchebaster（1893—1980），法国真实网球（Real Tennis，现代网球的前身，以布裹软木或石头制成，杀伤力巨大）手。
4. Soledad，西班牙舞者，生卒年不详。
5. Pablo Casals（1876—1973），加泰罗尼亚大提琴家、指挥家。
6. 西班牙语："舞蛾"。

半转出水的船桨的涡旋。

　　　　　仿佛对分

　　一条毒蛇，她可以俯冲三次再回返

　　　　而无一失败，曾经

　　　　当过一名斗牛士。好了；她有一个宽恕者。


　　埃切巴斯特的技艺，他猫一般的自如，他捕鼠的姿势，

他先发制人战术的天才，排除嫉妒

如同传统的毫无波动的

　　　　　桑德曼水手一般

　　　属于埃斯库德罗；吉他，罗萨里奥[1]的——

　　　　　一只悬垂的手的腕托

　　　　突然开始哼鸣得快快快又更快。


　　没有合适的比喻。就如同

一支香蕉里等距的种子那三道微小的弧

被帕莱斯特里纳[2]连接起来；

　　　　　就像眼睛，

　　　或不妨说脸，属于埃尔·格列柯所作的帕莱斯特里纳。

　　　　哦埃斯库德罗，索莱达德，

　　　罗萨里奥·埃斯库德罗，埃切巴斯特！

---

1. Rosario Escudero，西班牙舞者，生卒年不详。
2. Giovanni Pierluigi da Palestrina（1525/1526—1594），意大利作曲家。

## 逻辑与"魔笛"

　　沿旋梯而上，
此处，何处，在什么迷失的剧院？
我正看见一个幽灵么——
至少是一个提醒
　　让人想起一道阳光或月光
并没有腰？
　　凭匆匆的跳跃
　　或达成的灾祸，
魔笛和竖琴
莫名其妙地将自己混同
　　于中国珍贵的绮蛳螺。


　　靠近生活和时间
在它们特有的地窖里
鲍鱼的幽黯
与一阵入侵的嗡鸣
　　弥漫于阵容庞大的
小观众厅。
　　而在门外，
　　在交错的一对对
溜冰者从溜冰场疾驰
向斜坡之处，一个恶魔咆哮
　　仿佛朝着大理石的梯级之下：

　　　"'爱是什么以及

我究竟该不该有？'"真相

很简单。驱除怠惰，

锻造镣锁的下流

　　欺骗。声音高贵的捕鸟人[1]

之爱，那魔法探子，

　　如鸟的啼音证明——

　　第一个电视彩色发现物——

不合逻辑地编织

逻辑无法拆解的东西：

　　不需要硬扛，不需要强推。

---

1. Trapper，指《魔笛》中的人物帕帕吉诺（Papageno）。

# 有福的是那个

不坐嘲笑者之位的人[1]——

　　那不诋毁，不贬低，不谴责的人；

　　　　不是"典型地毫无节制"的人，

不"推诿，避让，支吾其辞；且会被听到"的人。

（啊，乔尔乔涅[2]！还有那些将异族混杂的人

　　和那些抬高他们触碰的任何东西的人；尽管颇有可能

　　　　假如乔尔乔涅的自画像不被人称是他，

它或许就不会获得我的喜好。有福的是知道

自大狂不是一项义务的人。）

　　"差异，争议；宽容"——在那"学问

　　　　之要塞"里我们有一个理应为我们全副武装的堡垒。

有福的是"承担一个决定的风险"的人——向

他自己提问："它是否解决得了问题？

　　它是否如我所见的那样正确？它是否合乎所有人的最大利益？"

　　　　唉。尤利西斯的同伴现在是政治的——

生活在自我放纵里直至道德感被淹没，

失去了所有比较的力量，

---

1.《圣经·诗篇》1：1—2："不从恶人的计谋，不站罪人的道路，不坐亵慢人的座位。唯喜爱耶和华的律法，昼夜思想，这人便为有福。"
2. Giorgione（约 1477/1478—1510），意大利画家。

认为特许会将人解放，"自己束缚了自己的奴隶们。"

　　无耻的作者，彻底被玷污与彻底被宠坏的，仿佛健全
而又特异，是旧的准流行赝品，

米津[1]防护的反品格良知。

　　遭受"私人谎言和公众耻辱，"有福的是那
　　　　赞成目空一切者不赞成之物的作者——
他不愿顺从。有福了，那不随和的人。

有福的是其信仰不同
　　于占有欲的人——一个并非由"显然之物"构成的种类——
　　　　不会令失败具像化，太过专注而不畏缩的人；
他被点亮的眼已看见那为苏丹的高塔镀金的光箭。

---

1. *Mitin*，瑞士盖基化工（Geigy Chemical）的防虫剂。

# 哦化作一条龙 (O TO BE A DRAGON, 1959 年)

## 哦化作一条龙

假如我，像所罗门一样，……
可以行我的愿望——

我的愿望……哦化作一条龙，
一个天堂之力的象征——蚕的
尺寸或是巨大无比；有时隐形。
可喜的现象！

## 我可能，我可以，我必须

假如你愿意告诉我为什么沼泽
看似无法通行，我便也
愿意告诉你为什么我认为我
可以穿过去，如果我尝试。

## 致一条变色龙

藏身于八月的树叶和葡萄藤蔓的果实
    之下
        你的解剖学
           绕着被修剪与抛光的茎干，
           变色龙。
         火焰铺在
        一片祖母绿之上长如
      黑暗之王的巨大
    之物，
无法攫取光谱为食物如你之所为。

## 一头水母

可见，不可见，
　　一道起伏的符咒
一块琥珀点染的紫水晶
　　栖居其中，你的手臂
接近它便打开
　　又闭合；你曾有心
要抓住它而它在发抖；
　　你放弃你的意图。

# 使用中的价值

我去了学院并且我喜欢那地方——
草和缎带般的小皂荚叶。

写作得到了讨论。他们说,"我们创造
价值是在生活的过程之中,不敢等待

它们的历史进步。"若是抽象
你就会希望你本是具体的;这是一个事实。

我在研究什么?使用中的价值,
"在其自身基础上判断。"我还深奥吗?

独自步行,一名学生即兴讲道,
"'相关'与'合理'是我理解的词。"

一个令人愉快的声明,匿名的朋友。
当然手段绝不可以打败目的。

# 阿尔斯通[1]和雷斯[2]先生主场篇

配合此调：

"小宝贝，一个字也别说：妈妈要给你买一只嘲鸫。

鸟儿不唱：妈妈要卖了它再买一个黄铜戒指。"


"千年盛世"，是的；"万魔殿[3]"！

罗伊·康帕内拉[4]高高跃起。闪躲者之位


已加冕，让强尼·波德雷斯[5]上土墩[6]。

巴齐·巴瓦西[7]和新闻界让步；


球队遭抨击，遭伤害，被问及与扬基队[8]的比赛，

"桑迪·阿莫罗斯[9]成功捕获时你感觉如何？"


"我对自己说"——所有回合的投手——

"当我走回土墩时我说，'一切都

---

1. Walter Alston（1911—1984），纽约布鲁克林闪躲者棒球队（Brooklyn Dodgers，1958年后成为洛杉矶球队）经理。

2. Harold Reese（1918—1999），闪躲者队队长。

3. Pandemonium，弥尔顿《失乐园》（*Paradise Lost*）中的地狱中心。

4. Roy Campanella（1921—1993），闪躲者队球手。

5. Johnny Podres（1932—2008），闪躲者队球手。

6. Mound，棒球的投球区。

7. Buzzie Bavasi（1914—2008），美国棒球大联盟经理人。

8. Yankees，纽约布朗克斯区（Bronx）的职业棒球队。

9. Sandy Amoros（1930—1992），闪躲者队球手。

越来越好。'"（激情：他们有激情。
"'希望在布鲁克林的胸中奔涌到永远。'"

而 8 区 1 排的闪躲者乐队会放松么
要是他们看见所得税的征收者？

准备好一个曲子假如那事发生：
"何不拿走我的全部——我的全部，先生？"）

另一个系列。到环游者[1]杜克[2]击球，
"离本垒板四百英尺"；更像是那样。

一记利索的短打，拜托；一箭穿云，如同
吉姆·吉里安[3]的惊世一击。希望还活着。

本垒，接杀，界外？我们的"有型胖子"
如此敏捷康帕内拉会让他出局。

在连续双赛中一天下蹲四百次，
他说在某种程度上乐趣就是报酬：

捕手到投手，一记不错的轻投
几乎就好像他告诉它飞过去一样。

---

1. Round-tripper，打出本垒打的球手会绕赛场一圈跑回本垒。
2. Duke Snider（1926—2011），闪躲者队球手。
3. Jim Gilliam（1928—1978），闪躲者队球手。

威利·梅斯[1]应该是个闪躲者。他应该——
一个让罗杰·克雷格[2]和克莱姆·拉宾[3]躲避的小伙子；

但你有一个预兆，赢得奖旗的幼儿赛[4]，
我们正在迷信地观望着它。

拉尔夫·布兰卡[5]有普里切尔·罗[6]的号码；回打？
还有堂·贝森特[7]；他真的可以火速扔球。

至于吉尔·霍奇斯[8]，原本受着监护——
"他会自己做到的。"现在是一名专家——精通

于一记远远探入场边座席的延展——
他长身，倾斜并以接球入套击败

期望于一线之间。谦虚的明星，
为一次失误沮丧，毫发之差而当不了英雄；

在一场三振出局的屠杀里，当可能更重要的，
他将一个本垒打击上布告板并改变了比分。

---

1. Willie Mays（1931—　），纽约/旧金山巨人队（Giants）和大都会队（New York Mets）球手。
2. Roger Craig（1930—　），闪躲者队球手。
3. Clem Labine（1926—2007），闪躲者队球手。
4. Peewee，北美儿童棒球联赛。
5. Ralph Branca（1926—2016），闪躲者队球手。
6. Preacher Roe（1916—2008），闪躲者队球手。
7. Don Bessent（1931—1990），闪躲者队球手。
8. Gil Hodges（1924—1972），闪躲者队球手。

随后为他的第十九个赛季，一次本垒打——
每六次击球得分里有四次——卡尔·弗里洛[1]就是老大；

几乎拔去了敌人的角——让球迷欢乐起舞。
杰克·皮特勒[2]和他的游乐场"爽透一夜"——

杰克，那欢畅的人，因一只猎鹰而更欢畅
后者可挥棒亦可接球——堂·德米特[3]。

一连九局将他们封杀——也是一个击手——
卡尔·厄斯金[4]让西莫利[5]无所事事。

摘下山羊角，闪躲者们，那只白鹭
两个极好的偷垒就可以抵消。

你们已收获颇丰：杰基·罗宾逊[6]
和坎佩[7]和大纽克[8]，而闪躲者之国依然
在看着你们所做的一切。你们去年赢了。继续。

---

1. Carl Furillo（1922—1989），闪躲者队球手。
2. Jake Pitler（1894—1968），闪躲者队教练。
3. Don Demeter（1918—1999），闪躲者队球手。
4. Carl Erskine（1926—　），闪躲者队球手。
5. Gino Cimoli（1929—2011），闪躲者队球手。
6. Jackie Robinson（1919—1972），闪躲者队球手。
7. Campy，闪躲者队球手坎帕内拉（Roy Campanella，1919—1972）的绰号。
8. Big Newk，闪躲者队球手纽康贝（Donald Newcombe，1926—2019）的绰号。

# 绰绰有余

*詹姆斯敦，1607—1957 年*


有人乘着天赐号，苏珊·C.[1]号，
也有人乘着发现号[2]，

找到了他们太过尘俗的天堂，
一个希望死于其中的天堂，

找到的却是虫豸与瘟疫，
生者之数被死者超越。

同一份奖赏给最好而又最糟
命数的共产主义，一早就试过。

每人三英亩，起步，
六蒲式耳[3]还掉，都能活下去。

戴尔船长[4]成了绑架者——
大王——无法无天当激励

---

1. Susan C.，即苏珊·康斯坦特号（Susan Constant）。
2. 天赐号（Godspeed）、苏珊·康斯坦特号、发现号（Discovery）为英国弗吉尼亚公司开拓北美洲海岸的三艘舰艇。
3. Bushel，计量谷物及水果的单位，等于 8 加仑或大约 36.4 升。
4. Thomas Dale（？—1619），英国海军将领，弗吉尼亚殖民地副州长。

就是绝望之时，即使
他的受害者已经放走了她的受害者——

约翰·史密斯船长。可怜的坡瓦坦
被迫求和，怨愤不平的人。

然后是教导——狡诈的求援——
升华坡卡洪塔斯[1]，当然是花枝招展

喜结良缘。约翰·罗尔夫爱上了
她而她——跻身高于

她配得上的等级——放弃了她的姓名
却发现自己的地位并不太温驯。

冠羽的洋蔷薇施了一个咒；
实心绿的蓓蕾也一样；

深粉红色长着芬芳翼翅的旧物
传递香膏的气味，萦绕

在红褐色的鞣料树皮容纳太阳之处——
无与伦比的诱人路径。

---

1. Pocahontas（约 1595—1617），美国弗吉尼亚土著印第安人，坡瓦坦酋长的女儿，传说曾救过被俘的约翰·史密斯。1613 年被英国人绑架以索要赎金，在被囚期间皈依基督教，1614 年与英国殖民者约翰·罗尔夫（John Rolfe，1585—1622）结婚并改名为丽贝卡·罗尔夫（Rebecca Rolfe）。

不用提起。无论什么精选的
天真烂漫的完美法国效应

一开始都没什么要紧。（不要押着韵谈论
饥荒时期发了疯的人们。）

饱经考验直到如此不自然
以至一个人变成了食人生番。

婚姻，烟草，和奴隶制，
开创了自由

当解脱号[1]带来了
那如今备受争议的烟草的种子——

一顶无可指摘的植物小红帽。
无可指摘，可谁又知道什么是善？

一场淘金之旅的受害者
将黄泥倒入舱房。

除了那虚弱的塔楼外无物
来标识那并未繁盛起来的地点，

---

1. Deliverance，轻帆船名。1609 年弗吉尼亚公司的大船海上冒险号（Sea
Venture）在开往詹姆斯敦途中遇风暴后在百慕大群岛（Bermuda）搁浅达九个
月，船员在此期间筑造了解脱号与忍耐号（Patience）两艘轻帆船，于 1610 年 5
月 10 日启航，5 月 23 日抵达詹姆斯敦。

最激昂的人们可不可能始终确信
他们已完成了必将长久延续的事物?

过去绰绰有余;现在绰绰有余
倘若当下的信念修正部分的证据。

# 密尔希奥·伏尔匹乌斯[1]

约 1560—1615 年

一个复调主义者——
          赞美诗的作曲家
并以婚礼圣歌配拉丁词语
但最好的是一首颂歌：
    "赞美上帝统治信仰
    不惧痛苦与死亡。"[2]

我们必须相信这艺术——
              这无人可以
理解的技艺。然而有人曾
获取了它并得以
    将它驾驭。鼠皮风箱的呼吸
    扩展为迷狂曰

"哈利路亚。"几乎
        极度的绝对论者
与赋格[3]主义者，阿门；缓慢营造
自缩微的雷霆，
    不断消解死亡的渐强音——
    爱的拍号将信仰加固。

---

1. Melchior Vulpius，德国教堂音乐歌手、作曲家。
2. 伏尔匹乌斯《赞美上帝》（*Gelobt sei Gott*）。
3. Fugue，巴洛克时期一种复调音乐体裁。

# 比不上"一枝枯萎的水仙"

本·琼森[1]说他自己？"哦我还能
像某座嶙峋山丘上的融雪，
　　下落，下落，下落，下落。"

我也一样直到我看见那块法国锦缎
闪耀绿色仿佛某只阴暗处的蜥蜴
　　变得精确——

被紫罗兰的复制品所衬托——
像西德尼[2]，穿着他的条纹夹克斜靠着
　　一只酸橙——

一件艺术品。而我似乎也是
一棵树旁边一个漫不经心的休憩者——
　　并非水仙花。

---

1. Ben Jonson（1572—约 1637），英国剧作家、诗人。
2. Philip Sidney（1554—1586），英国诗人、学者。

# 在公共花园里

波士顿有一个节日——
综合来说为所有人而办——
而附近，学问的圆顶
（深红，蓝和金）
已令教育个体化。

我的第一个——一个出乎其类的，
一个近乎出自圣经的——
从后湾¹到剑桥的出租车司机
说，在我们一路驰行的时候，"他们
在哈佛造就了一些优秀的年轻人。"我想起

那个夏天，当法尼尔厅²
让它带金球与蚱蜢的
风向标，由一个贴箔的
作业工再次镀金
直到它闪闪发光。春天可能是一个奇迹

在那里——一束非同寻常的
绽放春色之物——
"比云朵更白的梨花，"沼生-
栎树叶儿无所见

---

1. Back Bay，旧金山市一地区。
2. Faneuil Hall，波士顿一市场与会议厅。

当其他的树都造出浓荫之时，除了小小的

仙女鸢尾，适合
于杜尔西尼亚·德尔·
托波索[1]；哦是的，还有雪花莲
在雪地里，闻着像
　　紫罗兰。抛开尘世的喧嚣，

让我进入国王礼拜堂[2]
去听他们唱："愿我的工作为赞颂当
他人来而复去。再不是陌路人
或宾客而像一个孩童
　　归家。"[3]一个礼拜堂或一个节日

意味着给予共有之物，
即使不合理性：
黑鲟鱼卵———一匹骆驼
来自伊朗哈马丹[4]；
　　一件珠宝，或，更不寻常的东西，

寂静——在一道陈腐的词语瀑布之后——
　　不可得一如

---

1. Dulcinea del Toboso，《堂吉诃德》中堂吉诃德幻想的完美女性。
2. King's Chapel，波士顿一教堂。
3. 英国基督教牧师、赞美诗作者、神学家瓦茨（minister, 1674—1748）根据《圣经·诗篇》23编写的赞美诗《我的牧人会供我所需》（*My Shepherd Will Supply My Need*）。
4. Hamadan，伊朗西部城市。

自由。而自由又是为何？
为了"自律"，如我们
　　　至为勤奋的公民曾说过的那样——一所学校；


　　　是为了"做苦工的自由"
　　　怀着一种工具的感觉。
那些转运营里的人必须拥有
一项技能。当自由的希望悬
　　　于一线——有人收罗药


　　　草可供其出售。
　　　他们若生病痛便不合格。
　　　　　怎么样？


还有那些会连说一个小时
而不告诉你他们为什么
　　　前来的人。我呢？这绝非抒情牧歌——
　　　没有中世纪的渐进——
　　　这是一个感恩的故事。
没有那种光彩，诗人
理应拥有——
　　　既不官方，亦不专业。但人们依然不妨


　　　祝福诗歌
　　　在其中智慧是习惯性的——
很高兴缪斯有一个家与天鹅——
传说可以是事实性的；
　　　很高兴艺术，虽受普遍的推崇，
　　　实际上永远是个人的。

# 北极牛（或羊）

源自"北极金羊毛"，小约翰・J. 提尔[1]著，他在佛蒙特州自己的农场养麝牛，如《大西洋月刊》[2]1958年3月号所记载。


要穿北极狐
你必须将它杀死。不如穿
$qiviut$[3]——北极牛的底绒——
像件毛衣一样从它身上脱下来的；
你的外套温暖；你的良心更好。

我很想要一套
$qiviut$，那么轻我都不
　　知道我穿着它；并且随着
时间流转，再来一套
因为我并不需要谋杀

那头长出了第一套所用的
羊毛的"羊"。麝牛
　　没有麝香而且也不是牛——
不学无术的绰号。
趁湿把你的鼻子埋进去闻闻。

---

1. John Jerome Teal（1921—1982），美国北极生态学者。
2. *Atlantic Monthly*，波士顿文学与文化评论杂志，创办于1857年。
3. 阿拉斯加北部伊努伊特人（Inupiaq）语："北极金羊毛"（北极麝牛长毛下的柔软绒毛）。

它闻上去就是水，没有别的，
吃草时又像山羊一样支着
　　　　后腿。它的显著特征
不是自我中心的香味
而是它很有智慧。

丝鼠，水獭，水鼠，
和海狸给我们保暖
　　　　可是想想！一只"麝牛"长六磅
的 *qiviut*；开司米公羊，
才三盎司——全算上——的细绒。

躺在一个暴露的地方，
在暴雪中晒太阳，
　　　　这些 ponderosos[1] 本可统治
卡尚[2] 的稀有毛绒市场然而
你不可能拥有一只更上等的宠物。

它们在你工作时与你相伴；
喜欢跳进跳出洞穴，
　　　　与孩童一起在水中玩耍，
学得很快，知道他们的名字，
会开门以及发明游戏。

虽然并非没有

———————————————

1. 西班牙语："沉稳者"。
2. Kashan，伊朗中部城市。

238

求爱的能力，它们或许觉得它的
　　奴役和烦扰，太
像普罗克汝斯忒斯[1]的床；
因此有些决定保持不婚。

骆驼很势利
绵羊则无智慧；
　　水牛，神经衰弱——
甚至是杀气腾腾。
驯鹿似乎过于严肃，

而这些罕见的 *qivies*，
有金羊毛和制胜之法，
　　超越每一种被毛者——
在安静的佛蒙特州——
可以要求无畏统领[2]的餐食：

山谷水[3]，
药蒲公英，胡萝卜，燕麦——
　　一天铺三次的床
也带来更多激励——
在干草中翻滚并沉醉。

永不餍足的是柳树

---

1. Procrustes，希腊神话中的强盗，强迫旅客躺在床上，将矮者拉长，或将高者截短以与床同长，后被忒修斯（Theseus）以同样的方式杀死。
2. Bold Ruler（1954—1971），美国良种赛马。
3. Mountain Valley water，美国阿拉斯加泉水品牌。

叶独此一味，我们山羊般的
　　*qivi* -卷毛-摩羯
落绒，对筑巢颇为理想。
鸣禽发现 *qiviut* 是最好的。

假设你有一袋
这东西；你用一磅就能纺
　　一根二十四五
英里的线———一根，四十层——
不会在任何染料中缩水。

假如你恐怕你
在读一则广告，
　　　你的确在读。假如我们不能善
待这些生灵的羊毛，
我想我们活该挨冻。

# 圣尼古拉斯[1]，

我可否，如您能找到的话，获赠
一条变色龙，其尾部
卷曲如一个手表弹簧；及垂直
于身体——包括面部——淡淡的
　　虎纹，约七道；
　　　　（皮肤里的黑色素
　　　　已被细条遮挡而不受日
　　　　照；针状的圆丘
　　　　　　沿背脊连成串珠
　　　　仿佛是铂金）？

如您找不到有条纹的变色龙，
我可否得到一件裙子或套装——
我猜您听说过它的——*qiviut* 做的？
还有跟它一起穿的，一件塔斯龙[2]衬衫，滴水即干的
　　无与伦比的研究成果；
　　　　由，我希望，爱克赛罗[3]缝制；
　　　　至于扣住衣领尖的纽扣，不用。
　　　　这衬衫可以是白的——
　　　　　　并且"在六点前穿着"
　　　　无论白天还是晚上。

---

1. Saint Nicholas（270—342），罗马帝国时代的基督教主教。
2. Taslon，杜邦公司的专利（现已过期）纺织工艺。
3. Excello，英国针织品牌。

但是不要给我，假如我不能拥有这衣裙，

一趟格陵兰之旅，或是严峻的

月球之旅。月亮倒应该过来这里。让他

跑下来，在我暗色的地板上铺开某个黯然的

　　奇迹，而若是一个成功

　　　被我弯腰捡起并穿上，

　　　　我不可另有所求。一件更其罕见的东西，

　　　　　话说回来，并且与别不同，

　　　　　　会是这个：汉斯·冯·马雷斯[1]的

　　　　　　　圣于贝尔[2]，低头而跪，


　　身形僵挺——穿着天鹅绒，因克制而绷紧——

手垂低：马，自由。

不是原版，当然。给我

一张那个场景的明信片——猎人与神性——

　　令狩猎成狂的于贝尔惊而成圣的

　　　是一匹角上叉着幅圣像的雄鹿。

　　　　但为什么要告诉你你必定已猜到的东西？

　　　　　圣尼古拉斯，哦圣诞老人，

　　　　　　这难道不是

　　　　　　曾经有过的最堪珍视的礼物！

---

1. Hans von Marées（1837—1887），德国画家。

2. 马雷斯《三骑士之二，圣于贝尔》（*Die drei Reiter II*，*Hl. Hubertus*，1885
年）。圣于贝尔（St. Hubert，约 656—727）为法国基督教圣人。

# 为 2 月 14 日而作

圣瓦伦丁[1]，
虽说已晚，"某一条被推动而
在本诗的事业中行进的相关法律"
可否拥有一行诗？

或许你曾经喜欢过一颗钻石
来自一座戴比斯联合矿山[2]？
或是匀整如獾而马刀丛立的
巴勒斯坦剑蓟——单是叶子

下面有绒，
就值得一摸？或是那有含羞草叶的藤蔓
被称为一台"亚历山大的浑天
仪"散落在一个花环里？

或方舟是否
保护过墨黑羽毛的天堂之鸟，
其后代可作礼物之用？
但质疑是一种害虫

的标志！为什么思考

---

1. Saint Valentine（226—269），意大利基督教圣人。
2. De Beers Consolidated Mine，从事钻石勘探、开采、生产、贸易的国际
企业。

仅及与方舟或诺亚

所喝的酒相关的动物？

　　还要想到方舟并未沉没。

# 人文格斗

　　人们乐见一只落后的秃鼻乌鸦的高
速在日落时分飞越黑暗，
　　或是一匹训练有素可得一枚奖牌的坐骑；
前腿叠在身下以避开栅栏——
　　或是成队的跳跃者腾向空中。

　　我想起一部纪录片
拍的是哥萨克[1]：一支影像的赋格，一团雾
　　是刀剑似在劈砍
头颅离开身体——脚蹬踏着有如借助
　　一支诙谐曲中的竖琴弦。然而，

　　对我来说是旧俄罗斯的方阵舞：
无端垂落的手帕
　　像一支鞭子的抽打般啪啪作响；
一条狂乱旋转到水平的
　　长礼服裙，转停并垂落下来

　　在遥远的方块舞中。让我想想……
旧俄罗斯，我说过？冷俄罗斯
　　这回：一流的兔抱舞[2]
和高手们的平台作品由

---

1. Cossacks，俄罗斯欧亚交界部分一民族的成员，以沙皇时代的骑兵著称。
2. Bunnyhug，美国 20 世纪初流行的一种交际舞。

披着块毯子的摔跤手的跌撞扭打呈现。

"身着麻袋"显然随时可上床——
随着一戳，一踢，钉到墙上，
　　他们缠斗到台边而僵持不下；
跟跄着错开，一方成了一记
　　后翻筋斗的受害者——腿上盘着同样粗的腿。

"某种艺术，因为品质高超，
不太可能赢得高销量"；
　　是的，是的；但在这里，哦不对；
那些凝冻的北方南-艾-族人[1]
　　刚到就走的短暂劫掠并非如此。

这些斗士，衣着相同——
只是一个人——可以，凭借貌似双胞胎，
　　点出一个寓意，我应坦承；
我们必须黏合 *sagesse*[2]
　　的任何客观要素的各个部分。

---

1. Nanaians，中国与俄罗斯交界地带的通古斯人中的一族。
2. 法语："智慧"。

## 列奥纳多·达·芬奇的

圣哲罗姆和他的狮子
　　在那个隐居处
四壁不见一半，
　　分享一个圣哲的庇护所——
接合画框给激情洋溢的天才
　　精通语言的哲罗姆——
也给一头狮子，就像那头
　　被赫剌克勒斯棍打也毫发无伤的狮子。

那野兽，被当作一位宾客接纳，
　　尽管有些僧人逃走了——
它的爪子包扎着
　　已被一支沙漠之棘染红——
留下来看守修道院的驴子……
　　它失去影踪，已经喂了
它的看守，哲罗姆猜想。随后那宾客，像一头驴子，
　　被驯化去扛木头而未作抵抗，

但没过多久，就认出了
　　那头驴子并移交
它惊恐的
　　窃贼的整个驼队给懊恼的
圣哲罗姆。这洗清冤屈的野兽和
　　圣人某种程度上变成了双胞胎；
而此刻，既然他们的行为以及相貌都颇为相似，

他们的狮门声望似已正式化。

平和却又激情满怀——
　　因为若非两者都是，他又
怎能伟大？
　　哲罗姆——被他的经历摧残
无论吃什么都腰身渐瘦，
　　留给了我们通行本[1]。在狮子宫[2]，
尼罗河涨潮生长食物阻止饥荒，
　　令狮子嘴喷泉适宜，

若非四海如一，
　　至少并不隐晦。
而此处，尽管几乎算不上一个概要，天文学——
　　或黯淡的图画造就那金色的一对
在列奥纳多·达·芬奇的素描里——似乎
　　为太阳所点染。闪耀下去吧，图画，
圣徒，野兽；和狮子海尔·塞拉西[3]，以家养的
　　狮子作为主权的象征。

---

1. Vulgate，哲罗姆译为拉丁语的《圣经》。
2. Leo，黄道十二宫之一。
3. Haile Selassie（1892—1975），埃塞俄比亚皇帝（1930—1974），在意大利占领埃塞俄比亚期间（1936—1941）流亡英国，后在盟军帮助下复位，1974 年被废黜。

告诉我，告诉我（TELL ME，TELL ME，1966 年）

# 花岗石与钢铁

赋予自治权的绳索，被海镀成银，
　　线缆交织，被雾染成灰，
　　与自由[1]主宰着海湾——
　　她的双脚合一踏着崩散的链锁
　　曾经完整的环节都由暴政打造。

　　钢铁与石头被禁锢的喀耳刻[2]，
　　她的孕育者日耳曼才智。
　　"哦连枷的弧线"从塔楼到码头，
　　永不和解的宿敌，抵抗心灵的畸形，
　　人类毫无愧疚的贪婪
　　他对粗俗优先权的粗俗之爱，
　　　　仅仅不久前
　　还在阻碍默默跟从
　　正欲登岸的脚步，当黑暗
　　　　无端降临，
　　仿佛正直不曾连接我们的城市
　　　　于大海之上。

　　"哦群星间的路径
　　被海鸥的翅膀横越！"

---

1. Liberty，自由女神像（Statue of Liberty）与布鲁克林大桥（Brooklyn Bridge）同处纽约湾（New York Bay）上。
2. Circe，希腊神话中埃埃亚岛（Aeaea）上的女巫。

"哦真正继承我的光辉！"
——确认互动的和谐！

未试过的权宜之计，未试过；然后试过；
出路；进路；浪漫的通道
先被心灵之眼看见，
随后才是眼睛。哦钢铁！哦石头！
顶点的装饰，一道双股彩虹，
仿佛被法国的洞见颠倒，
　　约翰·罗布林[1]的纪念碑，
　　亦是纪念日耳曼的执着；
　　复合的跨度———一种实在。

---

1. John Roebling（1806—1869），德国裔美国土木工程师，设计并建造了布鲁克林大桥等缆绳悬桥。

# 取代里尔琴[1]

一个被禁止入读哈佛之人，
或许曾见过塔楼也曾领略过了庭园[2]——
为布伏勒夫人的精妙韵律所激扬：
*Sentir avec ardeur*：怀着火焰；是的，怀着激情；
押韵散文也被文字奇才阿基里斯所复活——
　　　　方博士[3]。


《哈佛呼声》[4]精选的正式-非正式
哈佛邀请制作得颇为愉悦，布鲁克林的（或墨西哥的）
　　　　*ineditos*[5]——
一个这样的人，发明她的"法国一面"的是
　　　　莱文教授[6]，
一个太过直言不讳的义愤的避难者，特别是对于陈词滥调，
　　　　向她提供补偿的
　　　　是洛厄尔舍书局[7]——
佛蒙特斯汀豪尔书局[8]，不如说。（没有粗心的声明

---

1. Lyre，一种古希腊拨弦乐器。
2. Yard，哈佛大学校园最古老的部分，其历史中心和现代聚会点。
3. Achilles Fang，方志浵（1910—1995），中国学者、翻译家。
4. *Harvard Advocate*，哈佛大学的艺术与文学杂志，创办于 1866 年。
5. 西班牙语："未发表的，未出版的"。
6. Harry Levin（1912—1994），美国文学批评家。
7. Lowell House Press，哈佛庭园内的出版社。洛厄尔舍（Lowell House）为哈佛本科生宿舍之一。
8. Stinehour Press，1952 年成立的出版商。

致科克兰舍[1]；至少在引用一个事实时不精确。）

对于《呼声》，*gratia sum*[2]
不可避免地蹩脚如我，词语的朝圣
像托马斯·比威[3]，饮他帽沿上流下的水，
一道瀑布飞溅的水滴，后来被他命名为
一个晶莹的班都西亚泉[4]奇迹。

来宾想到的是——假如有人及时承认了——
相比瀑布，朝圣者和帽沿，你原本或许更偏爱
一则有营养的公理诸如
"一种静止的力量是静止的缘于被另外某种力量所抵消，"
或"悬链线与三角形一起将跨度控制到位"
（指一座桥），

或一件太过经常被遗忘的确定相关的事物，即罗布林缆绳
是约翰·A. 罗布林发明的。

这些思考，戴维斯先生，
取代里尔琴。

---

1. Kirkland House，哈佛的本科生宿舍之一。
2. 拉丁语："深表感激"。
3. Thomas Bewick（1753—1828），英国画家、木雕家。
4. Fons Bandusiae，罗马诗人贺拉斯（Quintus Horatius Flaccus，公元前65—公元前27）《颂歌》（*Carmina*）中的泉水。

# 心，难以驾驭的事物

即使有它自己的斧子要磨，有时仍
帮助别人。为什么它不能帮助我？

哦 imagnifico[1]，
文字的巫师——诗人，是么，如
阿尔弗莱多·潘齐尼[2]将你定义的那样？
你刚才不是在映射
在我眼睛半闭的三联画上
一座幽谷的，美化的，图像——
"狐狸葡萄[3]花环，当干枯的树叶落下"
在沙白的黑暗侧道上，一叶飘零
自细枝的柿子树；又一次，

一只鸟——亚利桑那
赶上的，抓不住的杜鹃
经过两小时的追逐，曲曲折折的
行路者，模印着黑
纹于全身，尾巴
风车疾旋来挑衅我？
你懂得恐怖，知道怎样对付
被压抑的情绪，一支民谣，巫术。

---

1. 意大利语："不可思议的，极好的，非凡的"。
2. Alfredo Panzini（1863—1939），意大利小说家、辞典编纂者。
3. Foxgrape，美国东部的野葡萄。

我不懂。哦宙斯，哦命运！

不惧已行之事，
不为显然的失败吓阻，
你，imagnifico，不惧
贬损者，死亡，沮丧，
曾经计胜了泽诺尔美人鱼[1]，
　　令巫术不可抗拒：
礁石，沉船，失踪的少年，和"海里沉没的钟"——
如此靠近的一件事物，恰如我们所有之于一个国王——
　　我不知道怎样对付的技艺。

---

1. Mermaid of Zennor，英国康沃尔郡（Cornwall）民间传说中的人物。泽诺尔（Zennor）为康沃尔一村落。

# 梦

偶见哲罗姆·S. 希普曼[1]有关艺术家的学术任命的评论[2]之后。


委员会——现在是一个永久性实体——
组建起来只做一件事，
为艺术家寻找职位，曾经忧心，然后开心；
喜将巴赫和他的家人吸引
"到了西北[3]，"连同五架羽管键琴，
没有它们他不会离家。
为了他有条理无节拍的旋律多样性
复调地指定地坚持不懈地
不可抗拒地命运般的巴赫——帮我找词吧。


预期是为大学创造
机会，插翅的发明，
大师班之后便没有问题（在德国更僵硬），


每周一支康塔塔[4]；众赞歌，赋格，协奏曲！
这里，学生们热望一位老师并且每个学生都努力。
欢腾！倍增的喜乐！幸福！

---

1. Jerome S. Shipman（1924—　　），美国作家。
2. 希普曼的讽刺诗《巴赫先生在西北》（*Herr Bach at Northwestern*）。
3. Northwestern，指美国西北大学（Northwestern University）。
4. Cantata，一种有独唱的中等长度的叙述或描述音乐，一般还配有合唱和管弦乐队演奏。

　　　　重奏如赋格一般，全部，直至无限。
　　　　（也要注意操劳过度的巴赫并未生厌。）


海顿[1]，当他听说了巴赫浪涛汹涌的船帆，
便恳求埃斯特哈齐亲王[2]把他借给耶鲁。
大师调式专家赋格类形式自此，盛行。


　　　　令人目眩的荒谬……我想象的？啊！nach[3]
　　　　足够。J. 塞巴斯蒂安——生于艾森纳赫[4]：
　　　　它在我梦中的徽章：巴赫演奏巴赫！

---

1. Franz Joseph Haydn（1732—1809），奥地利作曲家。
2. Prince Esterházy（1714—1790），匈牙利亲王尼古拉斯一世（Nikolaus I）。
3. 德语："次于"。
4. Eisenach，德国中部城市，巴赫的出生地。

# 旧游乐园

在它成为拉瓜迪亚机场[1]之前。


要赶快，要苦恼，粗心的
访客，绝不要改变
　　压力，直到几乎蝙蝠般眼瞎。
　　　一个如此可怕的困境不可能
　　　发生在这罕见的地点——

那里人群拥向有轨电车
嘎嘎响的绿色毛毛虫，
　　当保龄球的雷霆
　　　令空气震颤。公园的大象
　　　慢慢地斜躺下；

一个侏儒摹本随后骑上
象背提供的小丘。
　　墨墨黑，一匹毛茸茸的小马坐
　　　下来像一条狗，有一种天真的神情——
　　　并无花巧——那里最好的表演。

---

1. LaGuardia Airport，纽约皇后区一机场，原为加拉游乐园（Gala Amusement Park）所有，1939 年改为机场，1953 年随纽约市长拉·瓜迪亚（Fiorello H. La Guardia，1882—1947）被冠以现名。

整个就像永无止境的
摩天轮般上升的
　　尖桩围栏的小马骑行（十美分）。
　　　　一个生意人，小马围场伙计
　　　　锁起他的马术玩具——

旗帜飘扬，票费收齐，
射击场被无视——
　　半官方的，半封闭的，
　　　　倚着一根柱子柔身委顿，
　　　　告诉一个朋友最不重要的事情。

它是一个坚果壳里的旧公园，
像它驯服-野蛮的旋转木马——
　　令人兴奋的巅峰
　　　　此刻胜利是反射的
　　　　而混乱，是回溯性的。

# 一个权宜之计——列奥纳多·达·芬奇的——和一个疑问

是耐心

　　在保护灵魂如衣服保护身体

抵御寒冷，让"巨大的谬误

　　　无烦扰之力"——

　　　也让似乎令他困惑的难题

　　结出果实，让记忆

化往昔为当下——

像"葫芦的抓持，

　　　　确凿而坚定。"

"无一人蠢笨得

　　无法将一件事做好。不值得

赞美，一个演说家

　　　只认识一个词，

　　　缺乏多样性。"被高度吓阻了

　　他的蓬勃生气，任何

臭鼬或蛇

本可重压他的藤蔓：

　　　　　它让它们远离。

怀着一份激情，

　　他描画鲜花，橡子，岩石——强烈地，

像乔托[1]一样，令自然成为

---

1. Giotto di Bondone（约 1267—1337），意大利画家。

检验，模仿——

罗马的败坏——不曾败坏他的所为。

他视为背叛的是

多合一铸件。

绝世无双，备受

众人敬仰，他屈服

于沮丧。难道

面容细致入微地无与伦比的丽达——

都未能减轻那份打击？

"可悲"……难道列奥纳多

不可以说，"我同意；证据将我驳斥。

假如万物皆运动，

数学不会成立"：

而不是，"告诉我究竟有没有

任何事情完成了？"

# W. S. 兰道[1]

那里
是我可以忍受的某人——
　　"一个愤怒的大师……
合乎一个皈依了文学的
　　斗士之怒，"他可以

猛掷
一个人穿过窗户，
　　却又，"温柔以待植物，"说，"天哪，
紫罗兰!"（下面）。
　　"成就卓然于每一种

样式
和色调"——同时考虑
　　无限和永恒，
他只能说，"我会
　　在我理解它们的时候谈论它们。"

---

1. Walter Savage Landor（1775—1864），英国诗人。

# 致一头长颈鹿

若涉及私人是不允许的，实际上
有性命之虞，而拘泥字面

亦不受欢迎——而且有害
若眼睛并不天真——那是否意味着

要生存只能靠顶上的小叶子
只有一头很高的走兽才勾得到？——

长颈鹿是其最好的例子——
那不健谈的动物。

当受到心理折磨时，
一个生物可以是无法忍受的

它原本可以是不可抗拒的；
或确切地说，是异乎寻常的

因为不那么健谈
相比某个情感上打结的动物。

　　毕竟
　　形而上的安慰

可以是深奥的。在荷马之中，存在

是有缺陷的；超验，是有条件的；
"从罪恶到救赎的旅程，是永久的。"

## 慈善战胜嫉妒

15 世纪末的挂毯，弗兰德斯[1] 或法国的，见于布雷尔[2] 藏品，格拉斯
哥美术馆与博物馆。


你有没有时间听一个故事
　　（描绘在挂毯中）？
　　慈善，骑着一头大象，
在"一片花朵的镶嵌图案"里，面对嫉妒，
鲜花"汇聚在一起，并未生根"。
嫉妒，骑着一条狗，摧残他的是执迷，
他的贪婪（因为他人拥有的东西
他仅可取若干）。不安地蹲伏
在繁花的精工细丝之中，在被旋转的扇形边纹
　　切出锯齿的宽阔野草，
被压扁的小向日葵，
细而拱曲的珊瑚状茎干，和——打着横向的棱纹——
绿的碎片之间，嫉妒，骑着他的狗，
　　抬头朝大象望去，
畏缩退避，他的脸颊堪堪没有刮到。
　　他正说着，"哦慈善，怜悯我吧，神性！
　　哦毫不怜悯的命运，

---

1. Flemish，佛兰德斯（Flanders），欧洲中世纪公国，现分属比利时、法国与
荷兰。
2. William Burrell（1861—1958），苏格兰商人、慈善家。

我会变成什么样，

伤我者慈善——*Caritas*[1]——剑已出鞘

对着我了吗？血玷污我的脸颊。我受伤了。"

锁子甲上盖着胸甲，一袭钢袍

披到膝头，他又说一遍，"我受伤了。"

那大象，从未被自怜击倒，

　　令那被追袭者相信

命运并未设计一个情节。


这个问题被征服——不可忍受地

累人，当它逼近之时。

拯救构成听起来像是一个公理的事物。


　　戈迪亚斯结[2]不需要斩断。

---

1. 拉丁语："慈善"。

2. Gordian knot，传说由弗里吉亚（Phrygia）国王戈迪亚斯（Gordias）打的极其复杂的结，有预言说打开此结者将是亚洲的统治者，后被亚历山大大帝挥剑斩断。

# 蓝虫[1]

见拉沃思·威廉斯医生[2]的蓝虫与另外七匹小马而作，摄影者为托马斯·麦卡沃伊[3]：《体育画报》。

在这张照相里，
从你藏身的那幅精美图片
（八匹小马的侧面像），
　　　　你似乎在确认
　　　　　一道赏识的眼光，
　　　　　　　　灵巧的虫。
只说出了部分，或许，已经暗示
似乎你才是那骑乘者。

我不知道你的名字是怎么来的
　　　　也不打算询问。
　　　　　　　没有什么更该罚了，堪比
　　　　嘴里说"恕我冒犯，"而又
照式照样去做的讨厌鬼。
　　　　我猜到了，我想。
　　　　　我喜欢一张看似一个巢窝的脸，

---

1. Blue Bug，1956 年美国马球冠军达拉斯运动俱乐部（Dallas Athletic Club）的赛马。
2. Raworth Williams（1895—?），美国外科医生、马球手。
3. Thomas McAvoy（1905—1966），美国摄影家。

一个"光放眼睛的容器"——

　　三角的——和

　　　　干草叉支起僵硬地平行的双耳：

　　　　虫子兄弟配得上一只亚瑟·

米切尔[1]蜻蜓,

　　疾速往左,

　　　　疾速往右；亦可逆行,


像"一支古代中国

　　旋律的翻转,一曲十三根

　　　　盘扭丝弦的三指独奏。"

　　　　它们就在那里,黄河-

卷轴的精确

　　呈现你的版本

　　　　诠释某种相似之物——马球。


　　　　　　重述一遍：

　　　　　pelo[2],我转动,

　　　　在波罗斯[3],一个枢轴上。


　　若是略微详细,

雷东（欧迪龙）[4]提上心头,

　　　　他有关眼睛的思考,

---

1. Arthur Mitchell（1934—2018）,美国舞蹈家。
2. 西班牙语："毛发"。
3. polos,古代小亚细亚神话中女神所戴的圆柱形王冠,亦指枢轴,通英语
"pole"（轴,极）。
4. Redon Odilon（1840—1916）,法国画家。

有关旋转——以某种方式与消遣相结合——
　　　　消遣即工作，
肌肉的温驯，
　　　　亦是心智，

如杂技演员李小潭，
　　　　长臂猿一般但更柔韧，
　　　藐视引力，
　　　　下身弓曲而起，
　　　　头上杯子不倒——
　　　　正是中国最灵巧之人。

## 亚瑟·米切尔

纤小的蜻蜓
太过迅疾让眼睛无法
　　锁入笼中——
感染人心的绝艺之奇珍——
彰显出，心智。
你的灵动之瑰宝

　　呈现
　　　　又掩藏
　　　　　　一支孔雀尾。

# 棒球与写作

受赛后广播启发而作。

狂热么？不然。写作令人兴奋
而棒球就像写作。
　　两个你都从来说不准
　　　　它会怎样进行
　　　　或你会做什么；
　　产生兴奋——
　　受害者的一场热病——
　　投手，捕手，外野手，击球手。
　　　　何种范畴的受害者？
从记者席上注视的鹗人么？
　　　　它适用于谁？
　　何人兴奋？可以是我么？

它始终是一个投手的战斗——一场决斗——
一个捕手的，如同，以残忍的
　　美洲狮爪，埃尔斯顿·霍华德[1]轻轻移步
　　回本垒板。（他的弹跃
　　　　令一记挥棒折翼。）
　　他们有那种杀手本能；
　　但埃尔斯顿——他捕捉的

---

1. Elston Howard（1929—1980），美国棒球手。

手臂伤害了所有持棒的人——

　　　　面对提问，说道，毫无羡慕，

　　"我非常满意。我们赢了。"

　　　　　被剥夺了击球王冠，说，"我们"；

　　　　因一个技术细节而旁落。


当三名球员在一方打三个位置
并改变形势，

　　　大量跑动无需成为一切。

　　　　　"飞，飞……"完

　　　　了么？罗杰·马里斯[1]

　　　　搞得定，疾奔而去。你永远

　　　　不会看到一记更精彩的捕捉。那么说来……

　　　　"米奇[2]，跳跃如魔鬼"——何必

　　　　　　以陈言文饰，麋鹿听上去更好——

　　套住那疾速驰向其树顶窝巢之物，

　　　　　　单手截获即将成为的纪念品

　　　　　　它本该由你或是我接到。


派尤基·贝拉[3]到卡纳维拉尔角[4]；

他能对付任何导弹。

　　　　他绝非羽毛。"一振！……二振！"

　　　　击偏。模糊一闪。

　　　　直飞场外。你会推断

--------

1. Roger Maris（1934—1985），美国棒球手。
2. Mickey Livingston（1914—1983），美国棒球手。
3. Yogi Berra（1925—2015），美国棒球手。
4. Cape Canaveral，佛罗里达州东海岸一海角。

球棒有眼。

他将木头砸准了那一下。

获赞时，斯考龙[1]说，"谢谢，梅尔。

我想我稍稍帮了一点儿。"

皆为职责，每一个，并且谦逊。

布兰查德[2]，理查森[3]，库比克[4]，博耶[5]。

在那九人的银河之中，说哪一个

赢得了锦旗？每一个。就是他。


那两记自膝部作出的华丽扑救——投者

为博耶，成双的技艺——

像怀提[6]的三种投球和预先

诊断

伴随突然击杀的精神错乱。

投球是一个巨大的主题。

你的手臂，起初太过真实，可以学习

勾到垒角——甚至困扰

米奇·曼特尔[7]。（"擦过了一个扬基[8]！

我的宝贝投手，蒙特霍[9]！"

---

1. Bill Skowron（1930—2012），美国棒球手。

2. Johnny Blanchard（1933—2009），美国棒球手。

3. Bobby Richardson（1935—　），美国棒球手。

4. Tony Kubek（1935—　），美国棒球手、电视播报员。

5. Ken Boyer（1931—1982），美国棒球手。

6. Whitey Ford（1928—　），美国棒球手。

7. Mickey Mantle（1931—1995），美国棒球手。

8. Yankee，纽约扬基队（New York Yankees）的球员。

9. Manny Montejo（1935—2000），古巴棒球手，1961 年在美国棒球大联盟底特律虎队（Detroit Tigers）打球。

通过某种教学法，

你会变强的，早熟的神童。）


他们迫近他投之以弯球并瞄准膝盖。千方百计

确实！秘密的暗示：

"我可以站在这里，球棒举稳。"

有一个可能适合他；

没有一个打中过他。

不可估量之物将他击垮。

肌肉扭结，感染，鞋钉伤

需要食物，休息，远离群氓的暂歇。（该死的！

成名以隐私为代价！）

牛奶，"虎奶"，豆奶，胡萝卜汁，

啤酒酵母（高能量）——

专注预示胜利


由路易斯·阿罗约[1]，赫克托·洛佩斯[2]加速——

紧要关头才致命。以及"是的，

这是工作；我要你全力以赴，

但须享受

你进行它的时候。"

侯克先生[3]和塞恩先生[4]，

假如你们要搞一场杂物甩卖，

---

1. Luis Arroyo（1927—2016），美国棒球手。
2. Hector Lopez（1929—　），美国棒球手。
3. Ralph Houk（1919—2010），美国棒球手、教练、职业大联盟官员。
4. Johnny Sain（1917—2006），美国棒球手、教练。

别卖罗兰德·谢尔顿[1]或汤姆·特莱什[2]。

腰带和皇冠上镶满了星星，

这运动场就是一个观星场。

哦闪烁的猎户座，

你的星星像狮子一样浑身是劲。

---

1. Roland Sheldon（1936—  ），美国棒球手。
2. Tom Tresh（1938—2008），美国棒球手。

# 致我的乌鸦普路托[1]的维克托·雨果

"即使在鸟走路的时候，我们也知道它有翅膀。"

——维克托·雨果

属于：

我的乌鸦
普路托，

那真正的
柏拉图，

azzuro-
negro

绿-蓝的
彩虹——

维克托·雨果，
真的

我们知道
乌鸦

---

1. Pluto，希腊神话中的冥王。

"有翅膀，"无论-
怎样鸽子-脚趾-

内弯在草地上。我们知道。
（柔板）

Vivo-
rosso

"corvo[1]，"
尽管

con dizio-
nario

io parlo
Italiano[2] ——

这种伪
世界语

它，savio
ucello

你也说——

---

1. 世界语："乌鸦"。
2. 世界语："我说/意大利语"。

我的誓言和座右铭

（botto e totto）

io giuro

è questo

credo：

lucro

è peso morto.

因此

亲爱的乌鸦——

gioièllo

mio——

我必须

放你走；

a bel bosco

generoso[1]，

tuttuto

vagabondo，

---

1. 世界语："慷慨的"。

serafino

uvaceo


Sunto,

oltramarino[1]


verecondo

Plato，addio[2].



等同于 *madinusa*（美国制造的）世界语的即兴之作，给那些可能不会憎
恨它们的人。

azzuro-negro：蓝黑

vivorosso：活力充沛的

con dizionario：借助辞典

savio ucello：智慧的鸟

botto e totto：誓言与警句

io giuro：我发誓

è questo credo：是这个信条

lucro è peso morto：利益是死的重量

gioièllo mio：我的珍宝

a bel bosco：致可爱的树林

tuttuto vagabondo：完全的吉卜赛人

serafino uvaceo：葡萄般黑的六翼天使

sunto：总之

verecondo：谦卑的

---

1. 世界语："海外的"。
2. 世界语："普路托，再见"。

# 有尤尔·伯连纳[1]的救援

获任联合国难民署高级专员特别顾问，1959—1960 年。


"独奏会？'音乐会'是正词，"
并且令人震惊，由布达佩斯交响乐团演奏——
　　流亡但并未受阻——
由我倾听，
　　　　尽管当时心中漠然，
　　　　　　像一只蚱蜢并不
　　　　知道自己躲过了割草机，一个侏儒公民；
　　　　　　一个，我要说，长得太慢的案例。
原有三千万个；仍有十三个——
起初是健康的，一直等到他们生病。
历史会审判。它会
致意温尼伯[2]不可思议的
状况："生病；无赞助者；无任何技能。"
　　奇怪——一名弹吉他的记者——一个谜。
　　神秘的尤尔不是来炫耀的。


　　多重舌的魔鸟——
五个舌头——为一个十二个月的疯狂流浪汉装备
　　（一件苦活），他飞到了

---

1. Yul Brynner（1920—1985），瑞典-俄罗斯裔美国演员。
2. Winnipeg，加拿大马尼托巴省（Manitoba）首府和最大城市。

受天罚的人中间，找到每个营地

希望已慢慢死去的地方

（有些人从未见过一架飞机）。

并未羽饰自己，他举例说明

那个，自我应用，省略黄金的规则。

他说，"你们可能会感到奇怪；没有什么更无关紧要了。

没人注意；你们会找到某种快乐。

不要新的'大恐惧'；不要苦恼。"

尤尔能唱——孪生般酷似一名女巫——

由大象驮着身穿银光闪闪的连衣裙的舞者，

随象鼻高高旋转，持星星尖梢的棍子，塔玛拉，

像 *Symphonia Hungarica*[1]一样忠实于节拍。


头颅低俯于吉他之上，

他似乎没怎么哼唱；以"都回家吧"结尾；

没有微笑；乘飞机前来；

不是必须要来。

吉他是一个活动。

荣誉嘉宾不能跳舞；不要微笑。

"有家么?"一个男孩问道。"我们要住在一个帐篷里么?"

"在一间房子里，"尤尔回答。他整洁的布帽

没有任何东西像那道闪光，映衬那张

乳草-巫师的籽褐色面孔统治着一座宫殿

它截然不同于他此刻

所在的地方。他深思熟虑的踱步

---

1. 拉丁语：《匈牙利交响曲》，匈牙利作曲家、语言学家、哲学家科达伊（Zoltán Kodály, 1882—1967）作。

是一个国王的，无论如何。"你会有足够的空间。"

尤勒[1]——尤尔原木[2]给圣诞炉火的编故事人——

属于可以成真的童话故事：尤尔·伯连纳。

---

1. Yule，"圣诞节"的旧词。
2. yul log，"yule log"为圣诞前夜炉火中的大原木，或原木形圣诞大蛋糕。

# 卡内基厅[1]：获救

"它传播，"这场运动——进行
是通过长途电话，
　　　与"圣人第欧根尼[2]
　　　最高统帅。"
　　在第十一小时的
　　　第五十九分钟，一名救援者

腾出地方给卡内基的
音乐厅，它按程度
　　成为了（成为）
　　　我们的音乐堡垒
　　（重音在"内"上，只是
　　　或许你不必被告知）。

帕德雷夫斯基[3]的"帕拉第奥式[4]
威严"令它成为一座寺庙；
　　柴可夫斯基，当然，
　　　在开幕之
　　夜，1891 年；

---

1. Carnegie Hall，纽约曼哈顿中城（Midtown Manhattan）的音乐厅。
2. Diogenes（约公元前 412—公元前 323），古希腊哲学家。
3. Ignacy Jan Paderewski（1860—1941），波兰钢琴家、作曲家、政治家，1919 年任波兰总理。
4. Palladian，意大利建筑师帕拉第奥（Andrea Palladio，1508—1580）的新古典主义风格。

和吉雷斯[1]，一个大师，在演奏。

与安德鲁·C. 和 R. 先生，
"我们的先锋，明星先生"——
　　在音乐中，斯特恩[2]——
　　　　已成长得能言善辩，
　　　　而凭借公民的虔诚
　　　　已拯救了我们的城市恐慌；

音乐厅的拯救者
遭受"房地产
　　食人族"威胁——驱策推土机的巨头，
　　　　强夺土地者，人形巨蟹
　　　　只剩了像新生儿一样畏缩。

当威尼斯"为保护儿童"
已禁止公民，
　　凭借"一种
　　　　高尚行为的传统，
　　　穿得过于奇形怪状或是太少，"
　　　　后代或许会将错误归罪

于我们荣耀的破坏者。让·谷克托[3]的"往昔

---

1. Emil Gilels（1916—1985），苏联钢琴家。
2. Isaac Stern（1920—2001），美国小提琴家。（Stern 在德语中意为"星星、明星"。）
3. Jean Cocteau（1889—1963），法国诗人、剧作家、小说家、电影制作人、批评家。

的序言"包含有这句话
　　"非常年轻时我的梦
　　　　曾经是有关纯粹荣耀的。"
　　他是否必须用"曾经"来说他的"轻
　　　　梦,"确认我们闪闪发光的故事?


他们需要他们陈旧的棕色家园。大提琴家,
小提琴家,钢琴家——
　　以往是非音乐的
　　　　不可索解之物的
　　　　宏大筑造物——已经找到了
　　　　回返的理由。赞美


的幻想曲与向前的奔涌
犬随着表演者。我们对你
　　穷追不舍,圣人第欧根尼——
　　　　始终在感谢你闪耀,
　　感谢驰援
　　　　仿佛你已听见自己在表演。

# 告诉我，告诉我

何处可有一个避难所给我

远离自我中心

和它一分为二，

误述，误解

并消除连续性的倾向？

为什么，哦为什么，一个人大胆发问，设

平坦于某个煤渣的尖顶之上

仿佛在纳尔逊勋爵[1]旋转的钻石玫瑰花结上？

它出现了：珍宝，磨光的稀罕之物

和精微之巅峰——

截然不同于被勾勒出来的不平

在任何背景之上——一则幻想的

引人入胜的几何学：

一位詹姆斯，波特小姐[2]，中国人

"对细节的激情"，属于一个

疲惫之人，他依然，在黄昏，

裁剪一件樱桃色的杰作——

不为任何成衣匠与裁剪手的评判团——

只让几只老鼠看——

他"呼吸不一致并畅饮

---

1. Horatio Nelson（1758—1805），英国皇家海军司令。
2. Beatrix Potter（1866—1943），英国作家、自然科学家、插图画家。

自相矛盾，"目眩

　　非因太阳而是因"朦胧的

　　　　可能性。"（我指的是

亨利·詹姆斯和比阿特丽克斯·波特的裁缝。）

我发誓，被拯救的

　　格洛塞斯特裁缝[1]，我打算


　　逃走；通过设计策略——

　　　毒蛇的交通死结——逃

往形而上的新割干草，

忍冬，或树林的芬芳。

　　人会不会说或暗示 T. S. V. P. [2]——

　　　*Taisez-vous*[3]？"请"并无意义

对于一个逃避词语暴行的难民；我

困惑。即便如此，"遵从"；

　　　是的，遵从可能是我的防御。


一个 *précis*[4]？

　　这部反向叙述的传记

　　讲猫逮住的老鼠是如何，当被

格洛塞斯特的裁缝释放时，完成了

市长大人的樱花色大衣——

　　裁缝的故事结束了囚禁

---

1. Tailor of Gloucester，波特所著并绘插图的同名儿童小说的主人公。格洛塞斯特为英国南部城市。
2. 或为法语"Taisez-vous S'il Vous Plait（请你闭嘴）"的缩写。
3. 法语："你闭嘴"。
4. 法语："梗概"。

在两个意义上。除去讲述了
一件令裁缝发财的大衣，
它还拯救了一个读者
不致被一个斥骂者逼疯。

# 圣瓦伦丁，

获准协助你，我考虑下……
　　若那些被你记住的人
要想到的是你而不是我，
　　在我看来似乎你赠予的
　　纪念品或称赞
应该有一个以"V"开头的名字，

比如维拉，埃尔·格列柯唯一的
　　女儿（尽管从无
证明他有一个），她上浆的
　　面纱，在雪纺绸里面；她戒指里的
　　石头，像她的眼睛；一只手在
她的雪豹斗篷上，毛皮上遍布着

黑点。这可以是一幅小插图——
　　一件复制品，椭圆的框——
以一支藤蔓或细藤镶边。
　　或是仅仅送一朵花，据说意为
　　爱之真理或真理之
爱——换句话说，一朵紫罗兰。

诗句——毫不掩饰地大胆——是恰当的；
　　而且它永远应当凝练
如最谨慎的作家的"8。"
　　任何被写下的情人节

都如同 *vendange*[1] 之于葡萄藤。

难道诗句不是将自身混同于命运为最好？

---

1. 法语："葡萄收获时节"。

# 太阳

希望与恐惧勾引他


"没有人可以躲过
空眼窝的死亡";
对我们而言,这让人为难的真相并不足够。
你不是男性或女性,而是一个计划
深植于人心之内。
辉煌掩藏你一身辉煌而来,自你的阿拉伯居所
一块炽热的黄晶闷在一个伟大亲王的手中他骑行
在你之前,太阳——你超越了他,
刺透他的旅行队。


哦太阳,你该留下
与我们一起;假日,
消灭愤怒,被缠绕在一个
有摩尔人的华丽的设备之中,圆透镜旋转
到冒出火焰当一个巨大沙漏的
两个半球收缩为一根茎干。要消灭敌意;
在这澎湃敌意的聚会所里动用你的武器!
造反的双脚不应超越
倍增的火焰,哦太阳。

# 迄今未结集之作（HITHERTO UNCOLLECTED）

# "AVEC ARDEUR[1]"

亲爱的埃兹拉，他知道节奏是什么。

我一直在想——卑鄙的，深思熟虑的：

大惊小怪
并且过得无聊。

我很烦？
对；是的。我避免

"爱慕"
和"烦"；

是的，我
说，被

这个词
（烦）烦到了；

我拒绝
使用

"神圣"
来指

_____

1. 法语："怀着激情"。

某件
悦人之物；

"吓人的颜色"
指某种恐怖。

虽然平淡，
我自己，我会说

"阿特拉斯"
（压制玻璃）

看起来最好
是雕刻的。

我拒绝
使用

"施魅"
"致狂"；

甚至"可怕-
的困境"
（无论多有理）。

或"轻浮-
的傻瓜"
（无论多合适）。

我逃脱了？
依然受困

于这些
词语疾病。

若无停顿，
这些短语

便缺乏抒情
力；不像

雅典
阿尔凯奥斯式[1]，

或者畸形的
印花布-希腊式。

这不是诗句
当然了。

我对此很确定：

没有什么世俗之物是神圣的；
没有什么神圣之物是世俗的。

1. Alcaic，一种希腊语或拉丁语诗歌的诗节形式。

## 爱在美利坚——

无论它是什么，它都是一份激情——
一种善良的痴呆，它应该
在吞噬着美利坚，喂养的方式
　　　跟喂养米诺滔[1]
的方式截然相反。
它是一个温柔的迈达斯[2]；
　　　出于内心；
绝非其他。出于一颗有能力
承受被误解的心——

　　　接受谴责，怀着"崇高
　　　亦即行动，"将自身与
　　　先驱的不敷衍认同

　　　没有厚颜无耻或
　　　发育过度之自大
　　　发育不足的浅薄。

无论它是什么，随它去不要
　　　矫揉造作。

是的，是的，是的，是的。

---

1. Minotaur，希腊神话中的人身牛首怪物。
2. Midas，希腊神话中的国王，任何东西被他点触都会变成金子。

298

# 提普¹的老虎

老虎是他的原型。
他宝座的前脚是老虎的脚。
他经由一座边升起边聚拢的银梯构成的四方金字塔登基。
他的步兵和宫廷侍卫的上装
有交织的细小条纹像扣眼般内弯。

宝座下面铺着一张祖母绿的地毯。
凑近过去，每个臣民都亲吻了九次
地毯草甸绿的天鹅绒面。

提普拥有十六只猎虎来追羚羊
直到他的一只长有动人尾巴的大臭鼬雪貂
穿过它未闩的小屋门逃走了，顺着一条水沟
上的一块木板；停步，饮水，然后消失——
它主人的命运的前兆。

他的武器上用老虎的爪与牙刻写着
回旋的字符说征服者是上帝。
异教徒夺取了提普的头盔和胸甲
和一件极大的玩具，一台奇怪的自动机——
一个被老虎杀死的人；内有风琴管
发出鲜血凝结的哭喊汇合非人的呻吟。

---

1. Tippoo，即 Tipu（1750—1799），印度南部迈索尔邦（Mysore）军事首领，反抗英国殖民侵略的民族英雄。

老虎摆动尾巴同时人摆动手臂。

这支民谣还在等待一个老虎心的吟游诗人。
　　敌人的巨大损失
并不能令主人的损失不那么惨重。

# 坎珀敦榆[1]

A. G. 伯吉斯先生赠布鲁克林展望公园的礼物，1872 年。


我想到，与这棵哭泣的榆树相联系，
"家族精神"，在俯瞰一条小溪的
　　　一道岩脊的边缘：
唤起死亡沉思的爱树的布莱恩特[2]
与托马斯·科尔[3]交谈
在亚谢·杜兰[4]的画作里他们俩
头顶着一株榆树的金丝银饰。


毫无疑问他们见过别的树木——椴树，
枫树和悬铃木，橡树和巴黎
街道树，马栗树；但想象一下
他们的狂喜，若是他们遇见坎珀敦榆的
宏伟和"它的枝条的错综图案，"
高高拱起，低低弯下，在它细枝的雾霭之中。
巴特莱特梨[5]树穴专家看见了它

---

1. Camperdown Elm，1835—1940 年在苏格兰坎珀敦（Camperdown）地区发现的
一种光榆。
2. William Cullen Bryant（1794—1878），美国诗人。
3. Thomas Cole（1801—1848），美国画家。
4. Asher Durand（1796—1886），美国画家。
5. Bartlett，随英国商人、农夫巴特莱特（Enoch Bartlett，1779—1860）命名的
梨树。

并将他的手臂伸足它的树干空洞的全长
那边还有六个小穴。

需要支柱和树的养料。它仍在长叶；
仍在那里；然终有一死。我们必须拯救它。它是
　　我们的古董之冠。

# 幸而

我很难令人厌恶，
但一个自负的诗人可以做到；
没有一个主根的人；还有
无知无觉可以做到；做到了。

但为什么要谈论它——
被 Musica Antiqua[1]
激情洋溢的精确性的
"传奇表演"抵消了。

一条欢快的舌头就是音乐……
直白的事实——复杂的事实——
在其中不自然的重点，
"激-情"和"分-隔"，
听上去很自然。都演奏出来；干吧——
除了在谈话的喧嚣里。

天籁的叠句……我的心
再次听见。没有音乐
生活是平淡的——光存在而已。
哀歌般的大卫和押沙龙[2]。那样。

就让它那样吧。

--------

1. 意大利语："古乐"，指纽约古乐团（New York Pro Musica Antiqua，成立于 1952 年）。
2. Absalom，《圣经》中以色列国王大卫的第三子。

## "想起卷毛上的一道波浪"

差不多是圣诞节——
大大的雪片模糊一切——
匹配猫力的动能，
所有的小猫都已将彼此掀翻，
　　一只小猫倒下；
另一只的后腿狠狠插落
在引发突袭的那只的眼睛上——
耳朵后倒，两只猫尾都在乱摆——
一个愤世者或许说过：
"弗朗西斯·培根爵士对此定义：
'外战好比运动的热量；
内战则如发烧的热量。'"

大谬不然。专家会说，
　　"在皮毛上挺狠的。"

# 够了

1969 年


我是个疯子吗？相反。

    我又愿意呆在哪里？

    坐在柏拉图的橄榄树下

  或倚在它粗老的树干上，


        远离争议

        或任何易怒的人。


如果你想看到石头排好，不受灰浆

    （泥匠说"泥"）威胁，

    又方正又平顺，让它们按应当的那样升起，

本·琼森说，或者他暗示说。


    在"发现"[1]中他随后说道，

    "坚持真理。就够了。"


---

1. 本·琼森《木材或发现》（*Timber or Discoveries*，1640 年）。

## 魔术师的隐修所

高度适中，
（我见过它）
朦胧但内部明亮
像一块月长石
而一缕黄光
从一道百叶窗缝里透出
而一缕蓝光发自灯柱
靠近前门。
它没留下什么可以抱怨
没有更多可以获取，
平实得完美无缺。

一团黑树物质在后面升起
几乎触及屋檐
带有马格利特[1]的确定，
高于一切审慎。

---

1. René Magritte（1898—1967），比利时画家。

## 风行一时

我一直想要一辆轻便马车
半圆形有如一个无花果
配一匹极快的长尾巴的马
给一个人，当然；

然后是一块老虎皮地毯，
给我的日本哈巴狗，
整样东西黑得锃亮。
我绝非疑病患者。

选自
## 拉封丹寓言（THE FABLES OF
## LA FONTAINE, 1954 年）

# 狐狸和葡萄

一头加斯科涅地方[1]的狐狸，尽管有人说是诺曼[2]后裔，

在饿得快晕倒的时候盯着一个棚架，上面绑着葡萄——

　　要一直催熟等到它们发出一道紫荧荧色调的光芒

　　仿佛里面有宝石似的。

此刻葡萄就是我们饥肠辘辘的冒险家恰巧渴望的

　　但因为他勾不到葡萄藤

他就说，"这些葡萄是酸的；我宁愿把它们留给哪个无赖。"

好过，我想，一场怨天怨地的哭嚎。

（第三卷，*XI*）

---

1. Gascon，法国南部加斯科涅地区（Gascony）的人与物产。
2. Norman，10 世纪时居住于法国北部，并于 1066 年后占领英格兰的斯堪的纳维亚人。

# 恋爱中的狮子

致塞维涅小姐[1]


小姐——不如叫女神——
美惠三姐妹[2]可以您为师
尽管您更美丽，
即使将头转开，
您又怎会不乐闻
一个未加修饰的故事——
不过是颤身听一听
爱情懂得如何征服一头狮子。
爱是一种奇特的技艺，
仅仅名为一种幸福。
听说好过真的领略此物。
若过于牵涉个人便属僭越，
我要说的于您而言像是一种冒犯，
一则寓言冒犯不了您的耳朵。
这一个，准保能得到您的宽容，
确证它体现于此的虔诚，
并跪倒在地誓言遵从。

-----------------

1. Mademoiselle de Sévigné, Françoise-Marguerite de Sévigné（1646—1705），法国贵族，以其母塞维涅侯爵夫人（Marquise de Sévigné，Marie de Rabutin-Chantal，1626—1696）写给她的信而著名。
2. Graces，希腊神话中司美丽、魅力与快乐的女神三姐妹。

在它们说话的能力受阻之前，
狮子等类全都着迷
于少女，曾寻求一场联盟。
有何不可？既为威权的典范，
它们当时皆为骑士同道
身怀勇气和智慧
饰有光环一般的鬃毛。


引文的要点如下。
一头狮子——众狮里的一头——
行路时在一片草地上遇见了
一个让他牵挂的牧羊女。
他想若是可能定要赢得她，
尽管那父亲本会更喜欢
一个不那么凶恶的女婿。
应允无疑十分困难；
恐惧意味着不容他想。
再者，若拒绝则可以预见
某个晴好之日两者可能会辩称
秘密的婚姻是一副锁链
束缚那痴迷到无可救药的少女，
来自导向傲慢自大的风范，
与一份遐想，认为乱蓬蓬的肩毛
令她任性的情人更其俊美。
那父亲在绝望中哽咽，
说道，虽在心中强忍蹙眉，
"这是个娇弱的孩子；等等为好；
您的爪尖可能会将她划伤

当您沉重的前爪触碰她之时。
若不是太过着急，您可以
将您的爪子剪一剪。还有前头，
注意您的牙齿一定要磨钝，
因为一个吻可能会
让您更享受，我理应设想，
假如我的女儿未遭鲁莽地烦忧
而被迫退缩的话。"
那神魂颠倒的动物浑身已酥，
他内心的眼早已被蒙蔽。
没了牙齿或爪子随之而来的是
堡垒由此分崩离析。
猎犬一拥而上；防守荡然无存：
结果是微不足道的抵抗。


爱情，啊爱情，当你的活结被拉开，
能说的就只有，"别了，明智。"

（第四卷，I）

# 因瘟疫得病的动物

一场疾病在某一年袭击尘世，
放倒兽类并将恐惧传染全体，
以向其证明他们是何等严重的罪犯；
尽管瘟疫是它众所周知的名字，
因为它不折不扣地堵塞了冥河，
到处与生灵交战，
它并未扫除一切但一切都被危及。
无论有谁幸存都已快动弹不得——
仅能呼吸而病入膏肓。
无物能激起他们的活力。
狼和狐狸都不曾埋伏
在出太阳时追踪幼小的猎物。
颓丧的鸽子四散
而爱情挨饿；生命奄奄待毙。

当狮子召来了他的臣民
他说，"诸位爱卿，这是上天的药方
治愈我们曾当是一个恩惠的罪恶。
所以那罪孽最重者
应当牺牲他的利益予他人
如此我们大多数才可能随之而免疫。
与往昔一致，历史作出提议，
补赎作为已行的恶的抵偿。
因此再无遁词，勇敢直面后果，
诸位须各自探寻心中的良知。

就我而言，我曾如此频繁地捕猎羊群

让我变成了一个饕餮者。

是因为它们诋毁了我么？一次也无。

此外我还会将他吞噬，当我击败了

牧羊人之时。

因此就让我在报偿中牺牲，

但首先要扪胸坦白，不光是我说我如何犯法：

我们必须行正义并探查僭越，

然后撕开罪犯的躯壳。"

狐狸说，"陛下，您如此仁慈怎可伤损；

您的荣誉感实在过于良善。

吃羊吧，陛下！可怜的傻瓜们，它们的丧命绝非牺牲。

一个有罪的王？哦非也。您证明在您吞噬

诸兽之时您是为它们作更优的着想。

至于牧羊人，谁都会发誓

他去了他该去的地方，

对我们的任何一员，无论高低，他都已变成了

一头谁都无法忍受的怪物。"

当狐狸说完，掌声便震聋了那劣犬

也没有谁敢认为

一头虎，熊，或别的强大野兽

犯有任何罪行。

事实上，显然不好惹的寻衅者

都为他们的无辜风采而封了圣。

轮到驴子的时候他说，"回望一眼，

我记得曾经走过牧师的领地，

植被和青草和求生的饥饿。

见鬼啊，我怎么忍得住？

我尽可能多地啃掉躺在我舌尖的青草；

所以是犯罪了，倘若我们所言必须无私的话。"

他们吵闹得听不见驴子的话。

一头狼宣读了他坚定不移的判决，

确信他们已找到了他们必须杀死的动物——

那遍体鳞伤的无赖，是他让世界染上重病。

他理应被绞死以儆效尤。

竟敢吃别人的草！还能有什么更可怕。

      死刑，唯死刑适合

这个罪犯——满怀仇恨地立即执行。

因此，当你弱小或无敌时，

法庭会说白是黑或黑的罪行是白。

（第七卷，I）

# 熊与爱花园人

一头毛皮看起来是被倒着舔过的熊
曾经漫游一座森林，在那里他独自拥有一个巢窝。
这个新柏勒罗丰[1]，被针尖朝外的荆棘所隐藏，
已经变得疯狂。头脑受荒废之苦
多年来每一个念头都已转为向内。
我们珍视诙谐的配戏而矜持还更好，
但无论哪个都太多而健康很快就已受损。
   没有什么动物找到那头熊
    在一直与世隔绝的隐蔽所，
     直到他变得怨愤
并且，因纯粹的愚蠢而萎靡，
迄今始终持续地沉沦在幽暗之中。
    他有一个住得很近的邻居，
     其自身的存在似乎颇为凄凉；
他爱一座以花朵为核心的花坛，
     而对水果更加呵护。
但园艺师也需要，除了愉快的工作以外，
     某个灵动优等的精神呈现。
当花朵说话时，就仿佛诗歌给予准许
     就在此处的这本书中；而注定要悲伤，
因被需要照料的无声绿叶包围着，
那园丁在一个日光天心想应该找一个朋友。

---

1. Bellerophon，希腊神话中骑飞马杀死狮头羊身的吐火怪物喀迈拉（Chimera）
的英雄。

怀着某个同样的念头，

那头熊寻求一个类似的目的

这一对堪堪撞上

在他们的路径交汇的地方。

因恐惧而动弹不得，究竟如何脱身还是呆在这里？

最好做一个吹牛人并把绝望掩藏

在如此的困境之中，因此这人并未却步或退缩。

诱惑并非区区一熊之力可以抗拒

于是这头便说，"来我巢里吧。"那人说，"那边的凉亭，

最高贵的那个，是我的；还有什么更增友情

胜过坐在嫩草上分享这样简单的茶点

如加了牛奶的本地特产？因为尴尬的是

并无熊大人每天定会食用的美味，

请笑纳此处的所有。"那熊似乎受宠若惊。

彼此都发现，边走边聊，交个朋友才最要紧；

还没到门前，他们已经难分难舍。

作为知己，一头野兽似乎很笨。

若才智无法流动不如独自生活，

而园丁发现熊的缄默是一束花，

但有利于工作，没有声音分心。

有野味要料理，那头熊，正当它慢慢干活，

努力追逐或杀戮

虫子，它们充满了空气，蜂拥而至，准确说来，

围着他疲惫不堪困倦而卧的朋友——

虫子——好吧，苍蝇，不科学地说。

一时间当园丁已在梦中忘了自己

而他的鼻子尽归一只苍蝇摆布，

那一直徒劳地抗击的可怜愤怒的熊，

咆哮道，"我要打烂那个侵入者；我已经想好了一个计策。"
杀死苍蝇是他的差事，所以他说到做到，
那熊掷出一块卵石并确保掷得够猛，
打烂一个朋友的脑袋来为他除掉一只虫子。
用错的逻辑，正义的目标令我们愈加蒙羞；
他已谋杀了某个至亲，以保证他的朋友休息。


亲朋密友应忌惮缺乏洞见者；
要选择智慧，哪怕是属于一个敌人。

（第八卷，X）

## 老鼠变少女

一只老鼠从一只鸣角鸮的喙上掉落——一件我无法装得
　　　　够像印度教徒以费心
捡起的东西。但一个婆罗门，我尽可相信，抚平了
　　　　被那只喙啄坏的皮毛。
　　　　每一国都将其偏爱之理编为法典。
　　　　尽管有人轻看一只老鼠的疼痛——
我们的心很硬；然而一个婆罗门也照样会马上蔑视
　　　　一个亲戚的；他感觉自己屈服于一种命运
　　　　它将死去之人转变，化为一只虫豸
或野兽，甚至给予国王一种过渡状态——
一个令毕达哥拉斯乐于确认的信条，
演绎自那个体系，他是一个将它沉思的人。
基于同样的信念，那婆罗门寻找一名巫师，
渴望纠正那些始终不公平之事并取得一个密咒
以将那只老鼠恢复为她的真实身份。
　　　　好了，这就是她，一个真正的姑娘，
年约十五，如此不可抗拒
普里阿摩斯之子[1]都要花更多力气来掳获她的芳心
胜过让全世界陷入混乱的海伦。
那婆罗门对她说，惊叹着这个奇迹，
　　　　如此高超几乎不像是真的魔法——
"你只须选择。我认识的任何追求者
　　　　都在为迎娶你的荣耀而争斗。"

--------

1. Priam's son，希腊神话中特洛伊国王普里阿摩斯的儿子帕里斯（Paris）。

——"既是如此,"她说,"最有力的;

    我会选择我所知的最强者。"

拜伏于地,婆罗门恳求道,"太阳,必定是你了。

    做我的继承人吧;分享我的遗产。"

    ——"不行,有一片云遮挡在前,"它说,

"会比我更强大而我将丧失颜面。

    选云来保护她吧。"

——"很好,"婆罗门对云说,后者仍在飘行,

"你对她有意吗?"——"唉,"它回答,"并非其人。

风将我从一处驱赶到另一处;每当飞旋着穿越虚空;

我都可能冒犯珀里阿斯[1]而被摧毁。"

    心烦意乱的婆罗门便对

    他听见的风喊道,"哦风,停下来。

    接受我神恩眷顾的孩儿的拥抱吧。"

于是珀里阿斯发力猛吹,却遭遇了一座山腰。

    畏缩不前唯恐利益重合,

土地提出异议说,"不是太合适;

    一只老鼠或许会受阻

然后用某一条他需要的隧道将我削弱。"

    老鼠!正是这个词,爱情将他的咒语施

    在一只合拍的耳朵上。婚礼?她终于明白了。

    一只老鼠!一只老鼠!名字难道不能

    为爱服务?啊,你理解得很对。

    我们俩在此便有了默契。


我们总保留着我们来处的特征。这个故事

---

1. Boreas,希腊神话中的北风之神。

为我佐证；但更贴近地细察一番似也无妨

对于诡辩从未完全理解的东西：

我们都爱太阳；但却更爱，有一颗心与意志的东西。

但确认这个前提么？奇怪的假设

就是身遭跳蚤吞食之际，巨人便已被击败！

老鼠本应不得不将他守护的少女转手

　　　　而唤来一只猫；猫要让给一只猎狼犬；

　　　　猎犬后面是狼。被裹挟在

　　　　一种循环的力量之中，

皮尔帕[1]会将少女送给太阳的无限

那里太阳会在无尽的至福里燃烧。

行了，若是可以我们还是说回变形吧；

那婆罗门的巫师，在施此法之时，

什么也没有证明，除了人类的胆大妄为，

事实上已表明了婆罗门始终都错

　　　　在假设，并且实在太久，

人与虫豸和老鼠都一致拥有

同一起源的姐妹灵魂——

　　　　　　凭借同样免于改变的

　　　　　　出生，它各个不同的形体，你会拥有，

　　　　　　已渐渐赢得了

　　　　　　敬畏或蔑视。

请解释一个如此美貌，无与伦比的姑娘，

　　　　　　何以无法为自己博得补救

而未与太阳成婚。皮毛招引她的爱抚。

---

1. Pilpay，古代印度哲学家，传说为印度古代寓言集的作者。

现在老鼠和女孩——两个都已经过仔细权衡
我们已发现它们，因我们已比较过它们的灵魂，
　　远远相隔如相反的两极。
我们就是诞生时的我们，每个特质都始终留存
遵循尘世与天堂的逻辑：
　　哪怕充当魔鬼的工具，诉诸黑魔法，
也无人能够偏离上天预定的结局。

（第九卷，*VII*）

# 注释

## 一则注释的注释

一种想要满足对一个人写作方式的种种彼此矛盾的反对的意愿，可能会把一个人的工作转变为最终发现自己被自己的主人驮起来的驴子，因为有些读者提议引号对于愉悦的进程是干扰性的；有些则说对于理应是完整的事物的注释是一种迂腐或一项未充分达成的任务的证据。但由于在我已写下的任何东西之中，都有过其主要趣味来自借用的诗行，而我也始终未能超越这一混合作诗法，鸣谢似乎仅仅是诚实而已。或许那些对附文、延误、续篇恼怒的人能够听劝执着于信念而无视这些注释吧。

M. M.

标题是首句的一部分时即成为第 1 行。

# 诗选

## 跳鼠

· 第 4 行：教皇的巨大冷杉青铜锥体。"打着孔洞，用作一座喷泉。其题铭写道：'*P. Cincius P*．*I*．*Salvius fecit*．[1]'见达夫[2]的《早期罗马帝国的自由民》（*Freedom in the Early Roman Empire*）。"《期刊》（*The Periodical*），1929 年 2 月，牛津大学出版社（Oxford University Press）。

· 第 52 行：石蝗。时间约在第二十二埃及王朝的梳妆盒。《伦敦画报》（*Illustrated London News*），1930 年 7 月 26 日。

· 第 70 行：国王的手杖。J．D．S．潘德尔伯里[3]描述，《伦敦画报》，1932 年 3 月 19 日。

· 第 71 行：折叠卧室。海特菲利斯王后[4]的便携式卧室，她的儿子奇奥普斯[5]赠送给她的。G．A．赖斯纳博士[6]描述。《伦敦画报》，1932 年 5 月 7 日。

· 第 90 行："有名叫跳鼠的小老鼠支着细如火柴的长后腿奔跑。前肢仅为极小的手。"R．L．迪特马斯博士[7]，《我见识过的奇怪动物》（*Strange Animals I Have Known*），纽约：哈考特，布雷斯（Harcourt, Brace），1931 年，第 274 页。

## 萨宾纳山茶花

The Abbé Berlèse, *Monographie du Genre Camellia*[8]，H．古桑（H. Cousin）。

· 第 13 行：法国人是一个残忍的种族，等等，小 J．S．华生[9]，非正式评论。

· 第 32 行：波尔多商人和律师已然花费了大量心思。《不列颠百科全书》（*Encyclopaedia Britannica*）。

---

1. 拉丁语："P．辛西乌斯·P．I．萨尔维乌斯造"。
2. Arnold Mackay Duff（1900—1976），英国历史学家。
3. John Devitt Stringfellow Pendlebury（1904—1941），英国考古学家。
4. Queen Hetepheres I，公元前 26 世纪埃及第四王朝王后。
5. Cheops，埃及第四王朝法老胡夫（Khufu）的希腊名字。
6. George Andrew Reisner（1867—1942），美国考古学家。
7. Raymond Lee Ditmars（1876—1942），美国爬虫学家、作家、自然史电影制作人。
8. 法语：《山茶花类论》。
9. James Sibley Watson, Jr.（1894—1982），美国慈善家、出版家、摄影家。

- 第 36 行：一只食用葡萄。见于《法国美食指南》（*The Epicure's Guide to France*）第一卷，索恩顿·巴特沃斯（Thornton Butterworth），古尔农斯基[1]和马塞尔·鲁夫[2]引用蒙瑟莱[3]："在所有其他地方你吃的都是成熟到可酿酒的葡萄。在法国你吃的是成熟到可上餐桌的葡萄。它们同时既是大自然又是艺术的出产。"这一串"被交替地盖上又揭起，根据热量的强度，来给葡萄镀金而不烤焦它们。那些拒绝成熟的——总有一些的——用特殊的剪刀精心剔除出去，被雨水淋坏的也一样"。
- 第 39 行：野生欧洲防风草。爱德华·W. 尼尔森[4]，"北美小型哺乳动物（Smaller Mammals of North America）"，《国家地理杂志》（*National Geographic Magazine*），1918 年 5 月。
- 第 43—44 行：老鼠捧一只葡萄。斯潘塞·R. 阿特金森（Spencer R. Atkinson）摄影，《国家地理杂志》，1932 年 2 月。"她嘴里衔着一只幼仔而将葡萄捧在右前爪上，一只圆尾巴的木鼠拍了这张照片。"
- 第 49 行：铁丝笼。马萨诸塞州阿特尔伯勒[5]的阿尔文·E. 沃尔曼（Alvin E. Worman）摄影，《国家地理杂志》，1932 年 2 月。

**并无天鹅这般精美**

一对路易十五时代烛台，上有德累斯顿细瓷天鹅图形，属于巴尔福勋爵[6]。
- 第 1—2 行："并无水体这般静止如那凡尔赛宫的死泉。"珀赛·菲利普（Percy Phillip），《纽约时报杂志》（*New York Times Magazine*），1931 年 5 月 10 日。

**羽状双嵴蜥蜴**

*Basiliscus Americanus* 灰色。

在哥斯达黎加
- 第 11 行：瓜塔维塔湖。与 EI Dorado[7]，以金裹身之人的传说有关。国王，涂着

---

1. Curnonsky（1872—1956），法国美食作家。
2. Marcel Rouff（1877—1936），法国小说家、诗人、批评家、历史学家。
3. Charles Monselet（1825—1888），法国记者、小说家、诗人、剧作家。
4. Edward William Nelson（1855—1934），美国博物学者、人种学者。
5. Attleboro，马萨诸塞州东南部城市。
6. Lord Balfour，Arthur James Balfour（1848—1930），英国政治家。
7. EI Dorado，西班牙语："黄金之人"，指哥伦比亚土著穆伊斯卡人（Muisca）首领。

树胶敷着金砂以象征太阳，至高的神性，每年都由他的贵族们护送着乘一艘木筏，到湖中心，举行一场向女湖神献祭的仪式。在此他跃入水中洗去他的金衣，同时木筏和岸上的人们则一边颂唱一边向水里投掷祭品——绿宝石或金、银或铂金的物件。见 A. 雅特·维里尔[1]，《失落的宝藏》（*Lost Treasure*），阿伯顿-世纪（Appleton-Century），1930 年。

· 第 13—15 行：弗兰克·戴维斯[2]，"中国龙（The Chinese Dragon），"《伦敦画报》，1930 年 8 月 23 日："他是雨神与河、湖、海的统治者。一年有六个月他蛰伏在海底，住在美丽的宫殿里……我们从一本唐朝的书里得知它'可随意现形或隐身，可长可短，可粗糙可精致，变化为乐'。"一条龙"或天生是龙（真龙有九子）或经变幻而成"。有一个"鲤鱼试图跃上西山某道瀑布的传说。那些成功的就会成龙"。

马来龙

W. P. 佩克拉夫特[3]，"马来龙与'双嵴蜥蜴'（The Malay Dragon and the 'Basilisks'），"《伦敦画报》，1932 年 2 月 6 日。双嵴蜥蜴"受惊时会落到水里并支起它的后腿沿水面逃窜……一个同盟物种（Deiropteryx）不仅可以沿着水面奔跑，还可以潜到水底，并在那里找到安全直到危险过去"。

楔齿蜥

楔齿蜥或葛拉拉蜥[4]。外表是一只蜥蜴——有乌龟的特征；肋部有像一只鸟那样的钩状突起；还有鳄鱼的样貌——它是喙头目唯一存活的代表。由斯坦利·奥斯本（Stanley Osborne）船长在电影中呈现。参见《新西兰的动物》（*Animals of New Zealand*），F. W. 赫顿[5]与詹姆斯·德拉蒙德[6]作，新西兰基督城：惠特科姆与汤姆斯（Whitcombe and Tombs），1909 年。

在哥斯达黎加

· 第 15 行：一座狐狸桥。南美洲藤蔓吊桥。

---

1. Alpheus Hyatt Verrill（1871—1954），美国动物学家、探险家、发明家、作家。
2. Frank Davis（1905—1987），美国记者、诗人、政治家。
3. William Plane Pycraft（1868—1942），英国骨学家、动物学家。
4. Ngarara，一种新西兰蜥蜴。
5. Frederick Wollaston Hutton（1836—1905），英国军人，新西兰科学家。
6. James Drummond（1869—1940），新西兰记者、博物学家、作家。

· 第 73 行：一根十吨链条。一条长七百英尺重逾十吨的金链正从库斯科[1]运来，作为阿塔瓦尔帕[2]的赎金的一部分。当他被杀的消息传到了指挥护送的人那里时，他们下令将链条隐藏起来，而它从未被发现。见 A. 雅特·维里尔，《失落的宝藏》。

## 军舰鹈鹕

阿岛军舰鸟。奥杜邦[3]的军舰鹈鹕。

巨大驯顺的狍狳。纽约的 W. 斯蒂芬·托马斯[4]摄影与描述。

红斑兰花。血，据推测，属于被皮萨罗杀死的土著。

第 37—39 行："若我过得好我便获祝福……"印度谚语。

## 九个油桃

"中国人相信一边很红的椭圆形桃子，是长寿的一个象征……据《神农经》言，玉桃服之不死。若未及时服食，也至少保持尸身不腐直到世界末日。"阿尔丰瑟·德·康朵叶，《作物起源》（*Origin of Cultivated Plants*），阿伯顿，1886 年。

"褐色的喙和脸颊。"安德森目录（Anderson Catalogue）2301，卡尔·弗伦德[5]藏品售卖会，1928 年。

《纽约太阳报》（*New York Sun*），1932 年 7 月 2 日，《今日世界》（*The World Today*），埃德加·斯诺[6]作，发自中国苏州。"一位中国老者，我初到这个国家时遇见的，自愿向我指出他所谓的'六个必定'。他说：'你可以肯定最清澈的玉出自叶尔羌[7]，最漂亮的花出自四川，最细的瓷器出自景德镇，最好的茶出自福建，最精纯的丝绸出自杭州，而最美的女人出自苏州。'"

· 第 41 行：麒麟（即中国独角兽）。弗兰克·戴维斯，《伦敦画报》，1931 年 3 月 7 日。"它鹿身，独角，牛尾，马蹄，腹为明黄，毛为五色。"

## 致一只赛鸟

发表于《观察》（*Observations*），纽约，日暑书局（Dial Press），1924 年；未收入

---

1. Cuzco，秘鲁南部安第斯山脉城市。
2. Atahualpa（1500—1533），印加帝国末代皇帝。
3. John James Audubon（1785—1851），美国博物学家、艺术家。
4. William Stephen Thomas（1909—2001），美国博物学家、作家。
5. Karl Freund（1890—1969），德国电影导演。
6. Edgar Snow（1905—1972），美国记者。
7. Yarkand，新疆一地区。

《诗集》。

萧伯纳。

**在这艰难尝试的时代……**

· 第2—3行："烘陶罐可不是众神的事。"屠格涅夫，《父与子》（*Fathers and Sons*）。

**诗**

较长版本：

> 我，也一样，不喜欢它：在这堆瞎胡闹之外有的是重要的事情。
> 　　读着它，然而，心怀一种对它的完全蔑视，却会发现在
> 　　其中，毕竟，仍有一个位置是属于真实的。
> 　　　　手可以抓握，眼
> 　　　　可以放大，头发可以立起
> 　　　　　　如果必须的话，这些事物是重要的并非因为一个

> 高调门的诠释可以被置于它们之上而是因为它们
> 　　有用。当它们变成尽是衍生以至于无法理解之时，
> 　　同样的话或许可以形容我们所有人，就是我们
> 　　　　不欣赏那些
> 　　　　我们无法理解的东西：蝙蝠
> 　　　　　　倒悬着或是在找东西

> 吃，大象推挤，一匹野马打个滚，一头不倦的狼在
> 　　一棵树下，不为所动的批评家抽动着皮肤像一匹马感觉有一只跳蚤，棒-
> 　　球迷，统计员——
> 　　　　同样不成立的
> 　　　　　　是歧视"商务文件和

> 学校课本"；这些现象全都重要。人必须作一个区分
> 　　无论如何：在被半吊子诗人拖入赫赫声名之时，结果并不是诗，
> 　　而且除非我们中间的诗人们可以成为
> 　　　　"想象的

字面照录者"——超乎

　　傲慢与琐屑并且可以呈现

以供审视，"内有真蛤蟆的想象花园，"我们方才拥有

　　它。同时，倘若你要求一方面，

　　　诗的生鲜材料

　　　　全然生鲜而

　　　　另一方面它又是

真实的，你就对诗有兴趣。

《托尔斯泰日记》（*Diary of Tolstoy*），第 84 页："散文与诗之间的界限在哪里，我永远都理解不了。这个问题在风格手册里有提，但它的答案非我所能及。诗是诗篇；散文不是诗篇。否则诗就是所有一切，除了商务文件和学校课本。"

"想象的字面照录者。"叶芝，《善恶的理念》（*Ideas of Good and Evil*），A. H. 布伦（A. H. Bullen），1903 年，第 182 页。"他的视域的局限恰恰来自于他的幻象之强烈；他是一个过于拘泥字面的想象写实主义者，正如其他人是自然写实主义者；又因为他相信心灵之眼看见的形体，当被灵感升华之时，是'永恒的存在，'神圣本质的象征，他便憎恨每一种来自风格的恩惠，后者可能会遮蔽它们的轮廓。"

## 炫学的字面主义者
全部摘录均出自理查德·巴克斯特[1]，《圣徒的永久安息》（*The Saits' Everlasting Rest*），利平考特（Lippincott）。

## 在棱光原色的日子
· 第 23—25 行："它部分在爬行"，等等。涅斯托尔[2]。《希腊选集》（勒布经典书系），第三卷，第 129 页。

## 彼得
麦格达伦·胡贝尔小姐和玛丽亚·威尼格小姐[3]拥有的猫。

---

1. Richard Baxter（1615—1691），英国诗人、神学家。
2. Lucius Septimius Nestor，3 世纪初的希腊诗人。
3. Magdalen Hueber, Maria Weniger, 摩尔的邻居。

## 采与选

- 第 13 行：“悲伤的法国绿。”《垂钓全本》[1]。
- 第 18 行：“一辆公共马车的顶端。”小学生翻译恺撒[2]。E. H. 克洛格博士[3]回忆。
- 第 25—26 行： “一场恰到好处的犬吠齐鸣”， “浓重的皱纹”。色诺芬的 *Cynegeticus*[4]。

## 英格兰

- 第 9 行：“夜蝶的蛹”。埃尔特[5]。
- 第 34—36 行：“我不嫉妒任何人”，等等。《垂钓全本》。

## 当我买画

- 第 13 行：银色围栏。“一道银色围栏由君士坦丁[6]建起以环绕亚当的坟墓。”《文摘》(*Literary Digest*)，1918 年 1 月 5 日；带照片的描述段落。
- 第 18 行：“被锐利目光点燃……”A. R. 戈登[7]，《旧约诗人》(*The Poets of the Old Testament*)，霍德尔与斯淘顿（Hodder and Stoughton），1919 年。

## 赫刺克勒斯的劳作

- 第 4 行：“迷人的蝌蚪音符。”《伦敦观察家》(*The London Spectator*)。
- 第 25 行：“黑鬼并不残暴……”J. W. 达尔教士[8]，在一次布道中说。

## 纽约

---

1. *Compleat Angler*，英国作家沃顿（Izaak Walton，约 1593—1683）以散文与韵文赞美钓鱼艺术和精神的书。
2. 拉丁语 “summa diligentia”（全力，极速）中 “diligentia” 被译成 “a diligence”（一辆公共马车）。
3. Edwin Henry Kellogg（1880—1965），宾夕法尼亚州卡里斯勒长老会教堂的牧师。
4. 拉丁语：《狩猎论》。
5. Erté，Romain de Tirtoff（1892—1990），俄裔法国画家。
6. Constantine（约 274—337），罗马皇帝。
7. Alexander Reid Gordon（1872—1930），英国作家。
8. Reverend J. W. Darr，纽约斯普林街长老会教堂（Spring Street Presbyterian Church）的牧师。

- 第 4 行：毛皮贸易。1921 年纽约继圣路易斯[1]后成为毛皮贸易批发中心。
- 第 8 行："如缎面刺绣……"乔治·西拉斯三世[2]，《森林与水流》（*Forest and Stream*），1918 年 3 月；《文摘》，1918 年 3 月 30 日。"大约在 1916 年 6 月中旬，一头只有几天大的白色幼鹿被发现在一个灌木丛中并被带到酒店。在这里，跟另一只幼鹿一起，它长得很快。最初几个月这头幼鹿背上和两边有一排寻常的白色斑点，尽管这些点和身体的颜色之间没有区别，它们却颇为显眼，就跟缎面刺绣在一道单色上面会形成不同的图案一样……"
- 第 18—19 行：倘若毛皮不更精美。弗兰克·阿尔瓦·帕森斯[3]：《服装心理学》（*The Psychology of Dress*），双日（Doubleday），1920 年，引用伊莎贝拉，贡扎加公爵夫人[4]："我希望黑布哪怕要十达克特[5]一码。如果它只是像我看到别人穿的一样好，我就宁愿不要它。"
- 第 25 行："体验的可获取性"。亨利·詹姆斯。

## 人民的环境

- 第 4 行："天生的敏捷。"托马斯·亨弗利·沃德[6]编，《英语诗人》（*English Poets*）。韦伯[7]——"一个诙谐的绅士和我们已故韵文家里的首要人物。机智的天赋和天生的敏捷丰富地呈现在他身上。"
- 第 15 行：一千四百二十页。广告，《纽约时报》，1921 年 6 月 13 日："纸——长如一人，薄如一发。林登梅尔系列[8]之一为芬克与瓦格纳尔公司（Funk & Wagnalls Company），《文摘》与《标准辞典》（*The Standard Dictionary*）的出版者选中，用于它们的十二页印度纸[9]小册子。印度纸极其纤薄，因此很多人在看到笨重的规格，45×65 英寸，被提及时，很担心结果。没有任何制造厂曾经生产过一张如此巨大的印度纸；没有任何印刷厂曾经尝试过掌控它。但 S.

---

1. St. Louis，密苏里州东部城市。
2. George Shiras III（1859—1942），美国摄影家。
3. Frank Alvah Parsons（1866—1930），美国作家、艺术教育家。
4. Anna Isabella Gonzaga（1655—1703），意大利贵族。
5. Ducat，旧时的欧洲钱币，通常为金币。
6. Thomas Humphry Ward（1845—1926），英国作家、记者。
7. William Webbe（1568—1591），英国批评家、翻译家。
8. Lindenmeyr Lines，美国亨利·林登梅尔父子（Henry Lindenmeyr & Sons）公司生产的纸品系列。
9. India Paper，一种纸张类型。

D. 沃伦公司（S. D. Warren Company）生产了这种纸张而查尔斯·弗朗西斯书局（Charles Francis Press）印刷了它——以完美的着位双色印刷了它。沃伦的印度纸薄到 1420 页仅厚一英寸。"

- 第 18 行：波斯天鹅绒。16 世纪的样本，见于波斯物品展览，纽约市布什终端大厦（Bush Terminal Building），1919 年 12 月，由波斯君主赞助："设计由珍珠白和浅黑色轮廓的单玫瑰丛构成，摆放在浅棕色象牙底上，以使整体与豹的斑点相似。"
- 第 31 行：市立蝙蝠巢。在得克萨斯州圣安东尼奥[1]，用以抗蚊。
- 第 34 行：维尔京群岛圣托马斯的蓝胡子石灰岩塔楼。
- 第 42 行："月长石雕刻的棋子。"阿纳托尔·法朗士[2]。
- 第 53 行："像一道自动扶梯切断了前进的神经。"J. W. 达尔教士。
- 第 62—67 行：军队的首领……拉斐尔（Raphael）：《卜卦占星术》（*Horary Astrology*）。

## 蛇，獴……

- 第 7 行："轻盈的蛇……"乔治·亚当·史密斯[3]，《释者圣经》（*Expositor's Bible*）（1890 年）。

## 新手

- 第 5 行："是买方还是卖方给钱？"阿纳托尔·法朗士，*Petit Pierre*[4]（1918 年）。
- 第 9 行："鸡首龙蛇……"骚塞[5]，《幼龙》（*The Young Dragon*）。
- 第 10 行："为更自觉的艺术的半明之灯照亮。"A. R. 戈登，《旧约诗人》。
- 第 13 行："柏树似乎也可增强大脑的神经。"兰道[6]，"彼特拉克[7]"，见于《想象对话集》（*Imaginary Conversations*）。

---

1. San Antonio，德克萨斯州中南部城市。
2. Anatole France（1844—1924），法国诗人、小说家。
3. George Adam Smith（1856—1942），苏格兰神学家。
4. 法语：《小皮埃尔》。
5. Robert Southey（1774—1843），英国诗人。
6. Walter Savage Landor（1775—1864），英国诗人、批评家。
7. Francesco Petrarca（1304—1374），意大利学者、诗人。

- 第 15 行："由普蒂克与辛普森先生[1] 在 18 日散发的中国的艺术品和瓷器有着一个思索的头脑永远感受得到的一丝悲伤；它那么少又那么多。"亚瑟·哈登（Arthur Hadyn），《伦敦画报》，1921 年 2 月 26 日。
- 第 23 行："作者是了不起的人。"雷·亨特[2]的《自传》（*Autobiography*）。
- 第 26 行："十分高贵的模糊。"詹姆斯·哈维·罗宾逊[3]，《塑造中的头脑》（*The Mind in the Making*），哈珀（Harper），1921 年。
- 第 36 行："碎裂如一块撞墙的玻璃。"十日谈[4]，"发财狂（Freaks of Fortune）。"
- 第 37—39 行："炫目印象的沉淀……"A. R. 戈登。
- 第 42 行："深不可测的颜色之暗示。"P. T. 福赛思[5]，《帕纳索斯山上的基督》（*Christ on Parnassus*），霍德尔与斯淘顿。
- 第 44，47，48 行："急促的辅音海洋"，"它的栅栏上有泡沫"，"将自身崩碎"。乔治·亚当·史密斯，《释者圣经》（1890 年）。
- 第 46 行："刹那枪矛……""熔化之火……"雷·亨特的《自传》（1850 年）。

## 婚姻

当我试图作看似合理的安排时占据了我的幻想的陈述。

- 第 14—15 行："循环的传统……"弗朗西斯·培根。
- 第 25—28 行：同时写。"A 小姐——会同时写三种语言，英语、德语和法语，其间还在说话。［她］在日常生活中利用她的能力，用双手同时写信；也就是说，第一、第三和第五个词用她的左手，而第二、第四和第六个词用她的右手。虽然通常向外写，她也可以用双手向内写。""多重意识或异常范畴的反射行为（Multiple Consciousness or Reflex Action of Unaccustomed Range）"，《科学美国人》（*Scientific American*），1922 年 1 月。
- 第 42 行："看见她，在这共同的世界里看见她。""乔治·肖克（George Shock）。"
- 第 48—55 行："那奇怪的天堂，不像肉体，石头……"理查德·巴克斯特，《圣徒的永久安息》。
- 第 65—66 行："我们困惑，我们又着迷，仿佛面对某种猫一般，蛇一般的动

1. Messrs. Puttick and Simpson，英国拍卖行。
2. Leigh Hunt（1784—1859），英国批评家、散文家、诗人。
3. James Harvey Robinson（1863—1936），美国历史学家。
4. The Decameron，意大利作家薄伽丘（Giovanni Boccaccio，1313—1375）的小说集。
5. Peter Taylor Forsyth（1848—1921），苏格兰神学家。

物。"菲利普·利特尔[1]，在《新共和国》（*The New Republic*）上评论桑塔雅那[2]的诗歌，1923 年 3 月 21 日。

· 第 83—84 行："踩踏裂缝……"哈兹莱特[3]："伯克风格文论（Essay on Burke's Style）。"

· 第 91—97 行："过去的状况……"理查德·巴克斯特。

· 第 101—102 行："他体验一种庄严的欢乐。"*À Travers Champs*[4]，阿纳托尔·法朗士作，*Filles et Garçons*[5]，哈谢特（Hachette）："*Le petit Jean comprend qu'el est beau et cette idée le pénètre d'un respect profond de lui-même .... Il goûte une joie pieuse à se sentir devenu une idole.*"[6]

· 第 108 行："它衣我一件火衫。"哈戈·博戈西安[7]写于"夜莺（The Nightingale）"一诗中。

· 第 109—113 行："他不敢拍手……"爱德华·托马斯[8]，《女性对诗人的影响》（*Feminine Influence on the Poets*），马丁·塞克尔（Martin Secker），1910 年。

· 第 116—117，121—123 行："一团火的幻觉……""其高其深……"理查德·巴克斯特。

第 125 行："婚姻是一项法律，也是所有法律中最糟的……其实是一个非常琐细的物件。"戈德温[9]。

· 第 146—152 行："对于要逼视一只老鹰到失明的爱……"安东尼·特罗洛普[10]，《巴切斯特塔楼》（*Barchester Towers*）。

---

1. Philip Littell（1868—1943），美国作家。

2. George Santayana（1863—1952），出生于西班牙的美国哲学家、散文家、诗人、小说家。

3. William Hazlitt（1778—1830），英国散文家、批评家、画家、哲学家。

4. 法语："过草场"。

5. 法语：《女孩与男孩》。

6. 法语："小热昂明白他很美丽，这个念头在他心中注入了一份对自己的深深敬意……他品尝着一种感觉自己是一个偶像的虔诚快乐。"

7. Hagop Boghossian，生平不详，为马萨诸塞州沃切斯特学院（Worcester College）哲学博士。

8. Edward Thomas（1878—1917），英国诗人、散文家、小说家。

9. William Godwin（1756—1836），英国社会哲学家、小说家。

10. Anthony Trollope（1815—1882），英国小说家。

- 第 159—161 行："没有真相能被完全了解……"索邦的罗贝尔[1]。
- 第 167—168 行："令自己的面容黯黑有如一头熊。"《德训篇》（Ecclesiasticus）[2]。
- 第 175 行："已婚人士常常这么看。"C. 伯特兰·哈特曼[3]。
- 第 176—178 行："稀少而寒冷……"理查德·巴克斯特。
- 第 181 行："亚哈随鲁的 *tête-à-tête* 盛宴。"乔治·亚当·史密斯，《释者圣经》。
- 第 183 行："好怪物，带路吧。"《暴风雨》（*The Tempest*）。
- 第 187—190 行："四点钟不存在……诺瓦依伯爵夫人[4]，"Le Thé[5]," *Femina*[6]，1921 年 12 月。"*Dans leur impérieuse humilité elles jouent instinctivement leurs rôles sur le globe.*[7]"
- 第 194—196 行："什么样的君主……"出自"劫掠发缕"（The Rape of the Lock），玛丽·弗朗西斯·尼尔林[8]的戏仿[9]，连同 M. 摩尔的多处建议。
- 第 198—199 行："长笛的声音……A. 米特拉姆·里巴尼（A. Mitram Rihbany），《叙利亚的基督》（*The Syrian Christ*），侯顿，米夫林（Houghton, Mifflin），1916 年。女人的沉默——"对于一个东方人，这就像诗歌配乐一样。"
- 第 200—204 行："男人是垄断者……"M. 凯莉·托马斯小姐[10]，创立者演说，霍利约克山[11]，1921 年："男人几乎将庄严的葬礼，壮丽的丰碑，纪念雕像，学院的会员资格，奖牌，头衔，荣誉学位，星章，勋章，绶带，纽章和其他闪亮的小玩意儿全都留给了他们自己，本身如此无价值却又如此无限地可欲，因为它们是来自他们的同辈工匠对出色完成的困难工作认可的象征。"

---

1. Robert of Sorbonne（1201—1274），法国神学家。
2. 25：24："妇人的邪恶，使自己的脸面变色，变成丑黑，有如熊脸，仿佛麻袋。"
3. C. Bertram Hartmann（1882—1960），美国画家。
4. Comtesse de Noailles（1729—1794），法国贵族、廷臣。
5. 法语："茶"。
6. 法语：《女性》。
7. 法语："以其傲慢的谦恭，她们在全世界本能地扮演她们的角色。"
8. Mary Frances Nearing，玛丽安·摩尔的友人。
9. 原作为亚历山大·蒲伯（Alexander Pope，1688—1744）的讽刺诗。
10. Martha Carey Thomas（1857—1935），美国教育家、语言学家。
11. Mount Holyoke College，马萨诸塞州的私立女子学院。

- 第 207—208 行："一头狮子餐食的碎屑……"：阿摩司书 iii，12[1]。乔治·亚当·史密斯译，《释者圣经》。
- 第 211 行："一个妻子是一口棺材。"埃兹拉·庞德。
- 第 223 行："落在我手上。"查尔斯·里德[2]，《克里斯蒂·约翰斯顿》（*Christie Johnston*）。
- 第 232—233 行："亚洲人有权利；欧洲人有义务。"埃德蒙·伯克。
- 第 252—253 行："离开她平和的丈夫……"西蒙·普杰（Simone Puget），题为"时尚的改变（Change of Fashion）"的广告，《英文评论》（*English Review*），1914 年 6 月："漂亮娃娃们便这样开始了，当她们从旧家出走去更新她们的身体，而其他的可人儿或许会离弃她们平和的丈夫只因为她们已经看够了他。"
- 第 256—258 行："与爱有关的一切都是神秘……"F. C. 蒂尔尼[3]，《拉封丹寓言》（*Fables of La Fontaine*），"爱与愚（Love and Folly）"，第十二卷，第 14 篇。
- 第 286—287 行："自由与联合……"丹尼尔·韦伯斯特（有题铭的雕像，纽约市中央公园）。

## 一头章鱼

未给出来源的引文来自内部规则与条例部，《国家公园目录》（*The National Parks Portfolio*，1922 年）。

- 第 6 行：会弯曲的玻璃。英国专利权所有人协会（British Institute of Patentees）的威廉贝尔爵士（Sir William Bell）已经制作了一份据他说为世界所需的发明清单：会弯曲的玻璃；一种在潮湿天气里不会打滑的平坦路面；一个可以保存百分之九十五热量的炉子；一种令法兰绒不会缩水的工序；一架无声飞机；一台每马力重一磅的发动机；减少摩擦的方法；一种从硫化印度橡胶中提取磷使其可以被煮沸并再次使用的工序；利用潮汐的实用方法。
- 第 9 行："采食玉黍螺。"M. C. 卡瑞（M. C. Carey），《伦敦图绘》（*London Graphic*），1923 年 8 月 25 日。
- 第 11—12 行："类似蜘蛛。"W. P. 佩克拉夫特，《伦敦画报》，1924 年 6 月 28 日。

---

1. "耶和华如此说，牧人怎样从狮子口中抢回两条羊腿或半个耳朵，住撒玛利亚的以色列人躺卧在床角上，或铺绣花毯的榻上，他们得救也不过如此。"
2. Charles Reade（1814—1884），英国小说家、戏剧家。
3. Frederick Colin Tilney（1870—1951），英国作家。

- 第 13—14，178 行："幽灵般的苍白"，"缓缓爬行……"弗朗西斯·沃德（Francis Ward），《伦敦画报》，1923 年 8 月 11 日。
- 第 15 行："它们根系的巨大。"约翰·缪尔[1]
- 第 16 行："望之悚然。"W. P. 佩克拉夫特，《伦敦画报》，1924 年 6 月 28 日。
- 第 18—19 行："每一棵都像它旁边的一棵的影子。"拉什金[2]。
- 第 46，53—54，180，184，185 行："蓝色的石头森林"，"兀立，瘦弱，咒骂的人们"，"将雪撕成碎粒"，"平伏于地"，"弯成半圆"。克利夫顿·约翰逊[3]，《在美国看什么》（*What to See in America*），麦克米兰（Macmillan），1919 年。
- 第 29，62，80，112，116，195 行："跟一边对齐"，"洞穴"，"两条裤子"。"我的老叠衣人，比尔·佩托……会猛扯一两下边上的毛缘撕掉较长的线段，就这样他的外裤一天天从下面往上消失……（他通常穿两条裤子。）""玻璃眼"，"商人"，"随枪响般的一声"。W. D. 威尔科克斯[4]：《加拿大落基山脉》（*The Rockies of Canada*），普特南（Putnam），1903 年。
- 第 93 行："它们的出场很漂亮，不是吗？"在马戏团无意听见。
- 第 125 行："各式动物群。"W. M.，"一个形容词与夜礼服的奥秘（The Mystery of an Adjective and of Evening Clothes）"，《伦敦图绘》，1924 年 6 月 21 日。
- 第 133 行："轻率被诠释为无害"，"如此高尚又如此公正"。纽曼红衣主教[5]，《历史素描》（*Historical Sketches*）。
- 第 145—146，148—152 行："复杂性……""一个意外……"理查德·巴克斯特：《圣徒的永久安息》。
- 第 155 行："希腊人在情绪上很敏感。"W. D. 海德[6]，《五大哲学》（*The Five Great Philosophies*），麦克米兰，1911 年。

### 海洋独角兽和陆地独角兽
- 第 3 行："强大麟兽"，等等，斯潘塞。

---

1. John Muir（1838—1914），苏格兰裔美国博物学家、作家、环境哲学家、冰川学家。
2. John Ruskin（1819—1900），英国作家、诗人、艺术家。
3. Clifton Johnson（1865—1940），美国作家、插图画家、摄影家。
4. Walter Dwight Wilcox（1869—1949），加拿大探险家。
5. Cardinal Newman，John Henry Newman（1801—1890），英国神学家、诗人。
6. William De Witt Hyde（1858—1917），美国作家。

- 第10—13行："令货主不安。"维奥莱特·A. 威尔逊（Violet A. Wilson），见于《伊丽莎白女王的荣誉俾女》（*Queen Elizabeth's Maids of Honour*），莱恩（Lane），引用欧劳斯·马格努斯[1]，《哥特人与瑞典人历史》（*History of the Goths and Swedes*），述及海蛇；作为航海家的卡文晤什[2]说："他在泰晤士河上灿烂地航行，他的船帆是金布，他的海员身披重重丝绸。探险家们带回家当作礼物献给女士的奇珍异宝为数甚多。女王自然要优先选择，价值十万英镑的独角兽之角便落于她手中，成为温莎的宝藏之一。"

- 第20—22行：约翰·霍金斯爵士[3]"确认了陆地独角兽存在于佛罗里达州的森林之中，并从其形迹中推断出有大量狮子，因两种野兽相生相克，故'有此必有彼'"。

- 第26行："在政治上，在贸易上。"亨利·詹姆斯，《英语时间》（*English Hours*），1905 年。

- 第30—31行："优美花环"，"桃金娘枝条"。J. A. 塞蒙兹[4]。

- 第32行：有关伊丽莎白女王的服装，"蜘蛛网，红腹滨鹬，和桑椹"。"一件衬裙上下略微刺绣着威尼斯金银的蛇和一些 O，绣着一道漂亮的边像是大海，云团和彩虹。"

- 第41行：长尾熊。C. H. 普劳杰斯[5]，见于《玻利维亚历险记》（*Adventures in Bolivia*），莱恩，第193页，讲述他买下的一只奇怪动物："它以长草填塞，花了我十个先令，最终弄清楚了是一头有尾巴的熊。在他有关野生动物的书里，罗兰·沃德[6]说：'在最稀有的动物里有一种有尾巴的熊；这种动物已知是存在的，非常稀有，而且只在厄瓜多尔的森林里才找得到，'而这就是把它卖给我的人说他得到它的地方。"

- 第52行："愉悦的恐怖。""阅读爱好者会从贝特兰爵士[7]和鬼屋[8]之中汲取愉悦

1. Olaus Magnus（1490—1557），瑞典作家、天主教牧师。

2. Thomas Cavendish（1560—1592），英国探险家、私掠舰长。

3. Sir John Hawkins（1532—1595），英国贩奴者、航海家、私掠舰长。

4. John Addington Symonds（1840—1893），英国诗人、文学批评家。

5. Cecil Herbert Prodgers（1862—1924），英国探险家、作家。

6. Rowland Ward（1848—1912），英国动物标本剥制者。

7. Sir Bertram，爱尔兰诗人佩西（Thomas Percy，1729—1811）的长诗《华克沃斯的隐士》（*The Hermit of Warkworth*）中的人物。

8. The Haunted Chamber，英国作家拉德克里夫（Ann Radcliffe，1764—1823）的小说。

的恐怖。"雷·亨特的《自传》。

· 第52，80，82行："月光咽喉"，"枪旗般高"，"在她膝头"。"中世纪（Mediaeval）"，《潘趣》（*Punch*）中的一首匿名诗，1923年4月25日。

· 第57行：一种无与伦比的机制。布尔芬奇[1]的《神话》（*Mythology*），在"独角兽"下。

· 第65行：希罗多德[2]谈论凤凰："我自己也没见过，除了在一幅图片里。"

· 第66行："不可能生擒。"普林尼[3]。

· 第69—70行："如此挺直……"查尔斯·科顿[4]，"一篇M. H. 的墓志铭（An Epitaph on M. H.）"：

> 如此柔软，又雪白，如那绒毛
> 装饰着那絮球卷曲的冠冕；
> 如此挺直而苗条如这单柱的
> 野兽的顶冠或曰犄角。

## 猴谜

· 第9行：智利松（*Araucaria imbricata*）。阿劳科（Arauco），智利南部的一部分。

· 第19行："某种骨架比例。"拉夫卡迪奥·哈恩[5]，《作家对谈》（*Talks to Writers*），多德，米德（Dodd, Mead）。

## 不明智的园艺

《罗伯特·布朗宁[6]与伊丽莎白·巴莱特[7]书信集》（*Letters of Robert Browning and Elizabeth Barrett*），哈珀，1899年，第一卷，第513页："黄玫瑰？'不贞，'花典说。"第二卷，第38页："我又种了整整一打玫瑰树，全白的——以驱走黄玫瑰之辱！"

---

1. Thomas Bulfinch（1796—1867），美国作家。

2. Herodotus，公元前5世纪希腊历史学家。

3. Pliny（23—79），古罗马政治家、学者。

4. Charles Cotton（1630—1687），英国诗人、作家。

5. Lafcadio Hearn（1850—1904），爱尔兰裔日本作家，笔名小泉八云。

6. Robert Browning（1812—1889），英国诗人、剧作家。

7. Elizabeth Barrett Browning（1806—1861），英国诗人。

### 致一只蜗牛

· 第 1 行："风格的第一优雅正是来自浓缩的那种。"《狄米特律斯[1]论风格》
（*Demetrius on Style*），W. 汉密尔顿·费弗[2]翻译，海涅曼（Heinemann），
1932 年。

### "什么也治愈不了病狮……"

卡莱尔[3]。

### 致法兰西的孔雀

· 第 1，10 行："掌管"，"隐修士"。《莫里哀传》（*Molière：A Biography*），
H. C. 恰特菲尔德-泰勒[4]作，恰托（Chatto），1907 年。

### 过去即现在

· 第 7—8 行："希伯来诗歌是具有一种升华意识的散文。"E. H. 克洛格博士在
圣经课上，长老会教堂，宾夕法尼亚州卡里斯勒。

### "他写了那本历史书"

在五六岁时，约翰·安德鲁斯，C. M. 安德鲁斯博士[5]的儿子，在被问到名字的
时候说："我名叫约翰·安德鲁斯；我父亲写了那本历史书。"

### 暂居鲸鱼之内

· 第 14—15 行："运动中的水远不是平的。"《文摘》。

### 沉默

· 第 2—4 行："我父亲常说：'出众之人永远不作长时间的造访。我到访时喜欢自
己走来走去。我从来不用被人领着去看朗费罗墓或哈佛的玻璃花。'"A.

---

1. Demetrius（约公元前 350—约公元前 280），古希腊演说家。
2. William Hamilton Fyfe（1878—1965），英国古典学者、教育家。
3. Thomas Carlyle（1795—1881），苏格兰哲学家、散文家、历史学家。
4. Hobart C. Chatfield-Taylor（1865—1945），美国作家、小说家、传记作家。
5. Charles McLean Andrews（1863—1943），美国历史学家，著有《英格兰史》
（*A History of England*，1903 年），并曾在布林·毛尔学院执教过玛丽安·摩尔。

M. 荷曼斯小姐[1]。

- 第 13 行：埃德蒙·伯克，见于《伯克生平》（*Burke's Life*），詹姆斯·普莱奥尔爵士[2]作（1872 年）。"'把自己扔进一辆马车，'他说，'过来把我家当成你的客栈吧。'"

# 何为岁月

### 苦熬者

谢尔顿·杰克逊（1834—1909）。杰克逊博士感觉以政府支出养活爱斯基摩人是不可取的，鲸鱼几乎已被灭绝，海洋无法像河里重新养鱼一样再次补足，而在说服政府授权从西伯利亚进口驯鹿之后，他于 1891 年夏进行了一次远征，获得十六头驯鹿——以物易物——后又带去了更多头。《关于将家养驯鹿引入阿拉斯加的报告》（*Report on Introduction of Domestic Reindeer into Alaska*），1895 年；1896 年；1897 年；1899 年，谢尔顿·杰克逊作，阿拉斯加教育总代理处。美国教育局，华盛顿。

### 光是言说

- 第 10—11 行：Creach'h d'Ouessant 海空灯塔，最早可观察到的——按计划——是从北美或南美接近大陆的船只和飞机。
- 第 14—15 行："一个已遭毁伤之人。"让·卡拉[3]，不公正地被控谋杀了自己的儿子，并于 1762 年 3 月 9 日被处死。在为他和他的家人辩护时，伏尔泰"*fut le premier qui s'éleva en sa faveur. Frappé de l'impossibilité du crime dont on accusait Calas le père, ce fut lûy qui engagea La veuve à venir demander justice au Roy...*"[4]《让·卡拉，被狂热处死之人的噩运史，另附一封卡拉先生致其妻儿的信；伏尔泰先生撰》（*The History of the Misfortunes of John Calas, a Victim to Fanaticism, to which is added a Letter from M. Calas to His Wife and Children; Written by M. De Voltaire*）。P. 威廉姆森[5]印制。爱丁堡，

---

1. Amy Morris Homans（1848—1933），美国教育家。
2. Sir James Prior（约 1790—1869），爱尔兰医师、作家。
3. Jean Calas（1698—1762），法国商人，因被控杀子而遭折磨与处死。
4. 法语："是第一个起来支持他的人。深感父亲卡拉被控罪行的不可能，是他力促那位遗孀向国王寻求公道……"
5. Peter Williamson（1730—1799），苏格兰传记作家、发明家。

MDCCLXXVI。

- 第 17 行：蒙田被盗贼俘虏并意外获释后说："有人对我说我的释放是缘于我的善行和我言辞的无畏坚定，表明我是一个太好而不可以羁押的人。"

- 第 20 行：李特雷（1801—1881）于 1839—1862 年致力于翻译与编纂希波克拉底。

- 第 33—35 行："告诉我真相……"贝当元帅[1]。

- 第 39 行："激励无论哪个想起她的人。"珍尼·弗兰纳[2]，"失乐园（Paradise Lost），"《决定》（*Decision*），1941 年 1 月。

### 他 "消化硬铁"

"鸵鸟消化硬铁以保持自己的健康。"李利[3]的《优弗伊斯》（*Euphues*）。

- 第 5 行：大麻雀。"色诺芬（《长征记》，I，5，2）报道有很多鸵鸟在中幼发拉底河左……岸的沙漠里，在从北叙利亚到巴比伦的路上。"乔治·简尼逊[4]，《古罗马表演与赏乐动物》（*Animals for Show and Pleasure in Ancient Rome*）。

- 第 7，17—18，31 行：一个正义的象征，鸵鸟皮里的人，丽达的蛋，及其他典故。贝尔托德·劳弗[5]，"来自美索不达米亚的鸵鸟蛋壳杯（Ostrich Egg-shell Cups from Mesopotamia），"《开廷》（*The Open Court*），1926 年 5 月。"一支鸵鸟羽毛象征真理和正义，并且是女神玛阿特[6]，法官的守护神的标志。她的头被饰以一支鸵鸟羽毛，她的眼睛闭着……正义是蒙眼的。"

- 第 40 行：六百个鸵鸟脑。在伊拉加巴卢斯[7]举行的一场宴会上。见上文：《古罗马表演与赏乐动物》。

- 第 43—44 行：蛋壳高脚杯。例如，约 1589 年由莱比锡的埃里亚斯·盖伊尔[8]镀银装饰的彩绘鸵鸟蛋杯。爱德华·文汉姆[9]，"伦敦与左近的古董（Antiques in

---

1. Philippe Pétain（1856—1951），法国军事家、政治家，1940 年任维希政府（Régime de Vichy）元首，二战后被处终身监禁。

2. Janet Flanner（1892—1978），美国作家、记者。

3. John Lyly（约 1553/1554—1606），英国作家、诗人、戏剧家。

4. George Jennison（1872—1938），英国动物学家。

5. Berthold Laufer（1874—1934），人类学家、历史地理学家、语言学家。

6. Ma-at，古埃及的真理、正义、和谐与平衡之神。

7. Elagabalus（218—222），罗马皇帝。

8. Elias Geier（1567—1616），德国银器工匠。

9. Edward Wenham（1876—1938），英国殖民地官员。

and About London)"，《纽约太阳报》，1937 年 5 月 22 日。

· 第 44 行：八对鸵鸟。见上文：《古罗马表演与赏乐动物》。

· 第 60 行：麻雀骆驼：στρουθοκάμηλος[1]。


## 学生

（发表于《何为岁月》[纽约：麦克米兰，1941 年]；未收入《诗集》。）

· 第 1 行："在美国……" *Les Ideals de l'éducation Française*[2]，演讲，1931 年 12 月 3 日，奥古斯特·迪斯克劳先生[3]作，Director-adjoint, Office National des Universités et écoles Françaises de Paris[4]。

· 第 10 行：歌唱的树。"每片叶都是一张嘴，每片叶都齐声和鸣。"《天方夜谭》（*Arabian Nights*）。

· 第 23—24 行："科学永远不会完成。"阿尔伯特·爱因斯坦致美国学生，《纽约时报》。

· 第 25 行：杰克·书虫：见戈德史密斯的《双重转变》（*The Double Transformation*）。

· 第 33—34 行：英雄的多样性。艾默生在《美国学者》（*The American Scholar*）中："没有英雄之心就不可能有学者"；"让他坚持自己；……耐得住忽视，耐得住责难"。

· 第 37—39 行：狼毛……埃德蒙·伯克，1781 年 11 月，回复福克斯[5]："一头狼背上有优质的毛，因此必须给他剪毛……但他会顺服吗？"

· 第 44 行："发表自己的意见……"亨利·麦克布莱德[6]，《纽约太阳报》，1931 年 12 月 12 日："华伦蒂纳博士……拥有学生那种典型的矜持。他并不以积极的意见之争为乐，当一个可以被大量金钱衡量的决定被宣布时总会席卷而至。他坚定地发表意见而谨守于此。"


## 光滑多瘤的紫薇

· 第 16—18 行："鹈是一个宽泛的属类术语，就像雀，莺，鸫……传说中的波斯

---

1. 希腊语："鸵鸟"。
2. 法语："法国教育的理想"。
3. Auguste Desclos（1876—1962），法国学者、教育家。
4. 法语："巴黎法国大学与学校国家管理局副局长"。
5. Charles James Fox（1749—1806），英国政治家。
6. Henry McBride（1867—1962），美国艺术批评家。

夜莺是白耳鹎，*Pycnonotus leucotis*[1]，厚被黑色丝绒，间有褐色、白色与藏红黄色；而且它是一种真的鹎；……爱德华·菲茨杰拉德[2]诠释了欧马尔[3]的意思：人的言语会改变并沙哑，但鹎鸟却以'高调的巴列维语[4]，'古代诗人纯粹豪迈的梵语，永恒地歌唱。"J. I. 劳伦斯（J. I. Lawrence），《纽约太阳报》，1934年6月23日。

· 第26—27行："那些睡在纽约，却梦想伦敦的人。"博·纳什（Beau Nash），《戏单》（*The Playbill*），1935年1月。

· 第31—32行："以友谊维系，以爱加冕。"巴特西盒[5]上的警句。

· 第45—47行："若无寂寞……"野口米次郎[6]意释西行法师[7]，《观察者》（伦敦），1935年2月15日。

· 第49—51行："和平生富足，智慧生和平"，构成框架的丰饶角与神使杖，在紧握的双手之上，呈现于洛奇[8]《罗萨琳德》初版首页。

## 心乱如鸟

弗朗西斯·培根爵士："若一男童心乱如鸟。"

## 英属弗吉尼亚

参见《走进英属弗吉尼亚》（*Travaile into Virginia Britannia*），威廉·斯特拉切[9]作。

· 第12行：一个伟大的罪人。詹姆斯敦教堂墓地的铭文："此处长眠着罗伯特·舍伍德（Robert Sherwood）的遗体，生于伦敦附近白教堂[10]的教区，一个伟大

---

1. 白眉鹎的拉丁语学名。

2. Edward FitzGerald（1809—1883），英国诗人、作家，以翻译波斯诗集《鲁拜集》（*The Rubáiyát of Omar Khayyám*）著名。

3. Omar Khayyám（1048—1131），波斯哲学家、数学家、天文学家、诗人。

4. Pehlevi，中古波斯语的主要形式。

5. Battersea box，发源于18世纪中期伦敦巴特西区的珐琅或精瓷装饰盒。

6. Yoné Noguchi（1875—1947），日本作家、诗人、文学批评家。

7. Saigyo Hoshi（1118—1190），日本诗人。

8. Thomas Lodge（约1558—1625），英国医生、作家。著有《罗萨琳德，尤弗依斯的黄金遗赠》（*Rosalynde，Euphues Golden Legacie*）。

9. William Strachey（1572—1621），英国作家。

10. Whitechapel，伦敦东部一区名。

的罪人，在等待欢乐的重生。"

· 第16—17行：威瑞沃考莫科。坡瓦坦的神殿。统领大约三十个占据着有潮水域弗吉尼亚的阿尔冈昆部落组成的联邦的印第安人，坡瓦坦是战争首领或酋长。他将一件鹿皮斗篷——现在阿什莫林[1]——赠给了纽坡特舰长，在后者与约翰·史密斯舰长为他加冕的时候。

· 第18—19行：鸵鸟和马蹄铁。作为约翰·史密斯舰长盾徽的纹章，喙衔一枚马蹄铁的鸵鸟——即，无敌的消化——重申那座右铭，*Vincere est vivere*[2]。

· 第63行："强固甜蜜的监狱。"属中种植园[3]——今威廉斯堡[4]。

· 第108—110行：弗吉尼亚大学校园里由杰斐逊设计的单砖厚墙壁。

· 第115—116行：鹿皮冠。"他［阿拉哈泰克[5]］将自己以鹿毛制成并染成红色的皇冠交给我们的舰长。"《约翰·史密斯舰长，弗吉尼亚总督与新英格兰海军上将，1580—1631，的旅行与业绩》（*Travels and Works of Captain John Smith, President of Virginia and Admiral of New England, 1580—1631*）；A. G. 布拉德利[6]作序。阿伯尔（Arber）的重印。

· 第132行：云雀。大英帝国博物学会发现篱雀比云雀早七分钟鸣唱。

## 斯潘塞的爱尔兰

· 第5，7—8，63—64行："每个名字都是一首曲子"，"苦刑"，"珠宝"，"你的问题是他们的问题"。见"爱尔兰：劈削出了我的岩石（Ireland：The Rock Whence I Was Hewn）"，堂·拜恩[7]作，《国家地理杂志》，1927年3月。

· 第10—11行：维纳斯的斗篷。脚注，《洛克伦城堡》[8]："夏迪（Thady）所描述的斗篷，或披风，是极其古旧的。见斯潘塞的'爱尔兰国观察（View of the State of Ireland）'。"

· 第12行：袖子。在莫利教授[9]编辑的玛丽亚·埃吉沃斯《洛克伦城堡》中，夏

---

1. Ashmolean，牛津大学的艺术与考古学博物馆。
2. 拉丁语："征服即生存"。
3. Middle Plantation，1632年建立的殖民地城镇。
4. Williamsburg，弗吉尼亚州东部城市。
5. Arahatec，一个服膺坡瓦坦的印第安部落的国王。
6. Arthur Granville Bradley（1850—1943），英国历史学家、作家。
7. Don Byrne（1889—1928），爱尔兰小说家。
8. *Castle Rackrent*，爱尔兰作家埃吉沃斯（Maria Edgeworth, 1768—1849）的小说。
9. Henry Morley（1822—1894），英国学者。

迪·科克（Thady Quirk）说："我穿一件很长的大衣……；它由一个纽扣系在我脖子上，斗篷的式样。"

- 第39行："暗黄蝇，用鸬鹚的翅膀制成"和"壳蝇，为七月中准备的。"玛丽亚·埃吉沃斯，《缺席者》（*The Absentee*）。

- 第53，56行："海鸠。""朱项雀。"丹尼斯·奥沙利文（Denis O'Sullivan），《格兰加里[1]的快乐回忆》（*Happy Memories of Glengarry*）。

- 第58行：杰拉尔德伯爵。出自帕德莱克·科伦[2]的一次演讲。

## 四台石英晶体钟

贝尔公司传单，1939年，"'世界上最精确的时钟。'在纽约的贝尔电话实验室，在一个温度保持在一度的1/100内，处于41摄氏度的'时间金库'里，是世界上最精确的时钟——四台石英晶体钟……经正确切割并插入适当的电路，它们会将电子振动频率控制在百万分之一的精度……拨打子午线7-1212询问准确时间即可每15秒获取一次。"

- 第13—16行："*Appeler à l'aide d'un camouflage ces instruments faits pour la vérité qui sont la radio, le cinéma, la presse?*" "*J'ai traversé voilà un an des pays arabes où l'on igonrait encore que Napoléon était mort.*"[3] 让·希劳杜，"*Une allocation radiodiffusée de M. Giraudoux aux Françaises à propos de Sainte Catherine*"[4]，《费加罗报》（*Figaro*），1939年11月。

- 第45行：食人的克洛诺斯。瑞亚（Rhea），宙斯的母亲，将他藏匿起来不让克洛诺斯找到，后者"吞食自己的所有孩子除了朱庇特（空气），尼普顿（水），和普路托（坟墓）。这些，是时间无法毁灭的"。布列华[5]的《习语与寓言辞典》（*Dictionary of Phrase and Fable*）。

## 穿山甲

- 第9行："闭合的耳梁"，及其他某些细节，来自"穿山甲"，罗伯特·T. 哈

---

1. Glengarry，苏格兰中部一山谷。
2. Padraic Colum（1881—1972），爱尔兰诗人、小说家、戏剧家、作家。
3. 法语："打着一个幌子求助于这些为真理而造就的工具即无线电，电影，报刊?" "我一年前游历过还不知道拿破仑已经死了的阿拉伯国家。"
4. 法语："希劳杜先生致法国妇女有关圣凯瑟琳的电台播音"。
5. Ebenezer Cobham Brewer（1810—1897），英国作家。

特[1]作，《自然史》（*Natural History*），1935 年 12 月。

· 第 16—17 行："迈步……奇特地。"见利德克尔[2]的《皇家自然史》（*Royal Natural History*）。

· 第 23—24 行：雷顿·巴泽的托马斯的藤蔓：威斯敏斯特修道院的一件锻铁制品。

· 第 65—66 行：一艘帆船是第一台机器。见 F. L. 莫尔斯[3]，《动力，其应用从第 17 王朝至 20 世纪》（*Power：Its Application from the 17th Dynasty to the 20th Century*）。

## 无论如何

### 大象

这些诗节中使用的数据，来自一部题为《锡兰，奇异之岛》（*Ceylon，the Wondrous Isle*）的讲座-电影，作者查尔斯·布鲁克斯·艾略特（Charles Brooke Elliott）。而西塞罗悲叹大象在罗马竞技游戏中的牺牲，说它们"令人既生怜悯又感觉大象是以某种方式与人结盟的"。乔治·简尼逊，《古罗马表演与赏乐动物》，第 52 页。

## 后期结集

### 二十面球

梅隆研究所[4]负责打造一个根据 J. O. 杰克逊的发明设计的钢球，它"解决了一个长期困惑绘图员和工程师的难题。任何曾经试过包裹一个橡胶球而想没有皱褶或浪费的人……都会理解这个难题的性质。钢，像包装纸一样，是以方形呈现的……杰克逊先生发现有机玻璃……有与钢铁相同的塑性流动并且……若置于适当的热量下会扭动回复到它最初始的形状。于是他用平面有机玻璃塑造了一个四英寸球体，研究其样式并发展出了一个设计，据此'二十个等边三角形——几何上可能最大数的规则侧面——可以组成五个平行四边形并由方形板材切割而成而

---

1. Robert Torrens Hatt（1902—1989），美国博物学家、作家。
2. Richard Lydekker（1849—1915），英国博物学家、地质学家、作家。
3. Frank Lincoln Morse（1864—1935），美国实业家、作家。
4. Mellon Institute，由美国银行家、实业家梅隆兄弟（Andrew Mellon 与 Richard Mellon）创立的工业研究机构。

碎片损失可以忽略不计'"。瓦尔德马尔·坎弗特[1]："钢铁使用中的经济（Economy in the Use of Steel）"，《纽约时报》，1950 年 2 月 5 日。

- 第 1—4 行："在白金汉郡的树篱之中……"E. 麦克奈特·考弗尔[2]的声明。
- 第 7 行：某人的财富。30 000 000 美元的鼻烟财富，属于一位亨莉叶塔·爱德华迪娜·夏弗·加列特（Henrietta Edwardina Schaefer Garrett）太太，她在 1930 年去世时既无子女也无遗嘱。"费城孤儿法庭核查了超过 25 990 份对此财富的申告……三人据报道在争吵中被杀；十人因伪证入狱。……十二人或以上被罚款，六人死亡，两人自杀。"《纽约时报》，1949 年 12 月 15 日。

## "让他们的世界保持巨大"

詹姆斯·戈登·吉尔基教士[3]，及"尽如字面所述，他们的肉体和精神是我们的盾牌"。《纽约时报》，1944 年 6 月 7 日。

## 贪食与真实……

- 第 2 行："草灯光泽。"V. 洛克-埃利斯[4]。
- 第 7 行："大象那弯曲的喇叭真的会写字。"

> "大象
> ……是啊（如果希腊学家们没有误传）
> 用其弯曲的喇叭他有时真的会写字。"

杜·巴塔斯[5]："第一周的第六天（The Sixth Day of the First Weeke）。"

舞蹈目录-芭蕾大篷车公司（Ballet Caravan Inc.）：小丑，大象和芭蕾舞女，1946 年 6 月。

- 第 8 行："给一本老虎书。"《库蒙的食人兽》，吉姆·科贝特作。
- 第 12 行：为了不灭的爱。作为以弗所书第六章的结束语[6]，这个短语在我心中萦绕。我写下这篇，碰到洛克-埃利斯先生的"草灯光泽"，用它取代了我不那么好的对应诗行；后来重读了他的诗后，我注意到"为了不灭的爱"这个短语，

---

1. Waldemar Kaempffert（1877—1956），美国科普作家。

2. Edward McKnight Kauffer（1890—1954），美国艺术家、图形设计师，玛丽安·摩尔的友人。

3. James Gordon Gilkey（1889—1964），美国牧师、作家。

4. Vivian Locke-Ellis（1878—1950），美国诗人。

5. Guillaume de Salluste Du Bartas（1544—1590），法国诗人。

6. 《圣经·以弗所书》6：24。

他也用了。

## 合宜

· 第 16 行：巴赫的 *Solfeggietto*。卡尔·菲利普·伊曼纽尔的（C 小调）。

### 盔甲颠覆性的谦卑

· 第 11 行：用毛爪削东西。"人类早期祖先最古老的遗物是粗乱切削的石片。他用他的毛爪抓住它们并用它们来锤和剁。"奥斯卡·奥格[1]，《26 个字母》（*The 26 Letters*），第 6 页。
· 第 13 行：起来吧，天亮了。约翰日公司[2]的座右铭。
· 第 22 行：博克啤酒雄鹿。未署名海报，由新泽西哈蒙顿[3]东部饮料公司（Eastern Beverage Corporation）散发。
· 第 27 行：*ducs*。"在英格兰，在撒克逊时代，军队的官员或指挥员，依照古罗马风尚，被称为公爵，而无任何补充，但在诺曼征服之后，这一头衔不再使用；直到 1358 年，爱德华三世[4]封他的儿子，原称作黑王子，为康沃尔公爵……黑王子爱德华之后又封了更多……黑王子是以他头上的一个花环，手指上的一枚戒指和一支银杖获封的。"《英国社会达官显贵之书》（*The Book of the Ranks and Dignities of British Society*），传为查尔斯·兰姆[5]作，纽约：查尔斯·斯克里布纳诸子（Charles Scribner's Sons），1924 年。

# 如一座堡垒

### 光辉之幻影

· 第 16—17 行："由豪猪托起的裙裾……"奥利弗·戈德史密斯在他的一篇散文中提到："一个蓝色仙女裙裾有十一码长，由豪猪托起。"
· 第 21 行："林立以为防护。""浑身是刺，林立以为防护。""刺猬，狐狸和苍蝇"，第十二卷，寓言 XIII，《拉封丹寓言》，纽约：维京书局（The Viking Press），1954 年。

---

1. Oscar Ogg（1908—1971），美国作家。
2. The John Day Company，美国纽约的出版公司。
3. Hammonton，新泽西中南部城市。
4. Edward III（1312—1377），英格兰国王。
5. Charles Lamb（1775—1834），英国散文家、诗人。

**然后是白鼬**

· 第 2 行："……无瑕"克里托普丰[1]；"他的饰物是白鼬，上有一句格言写道，宁死而无瑕"。西德尼的《阿卡迪亚》，第一卷，第 17 章，第 4 段。剑桥经典 (Cambridge Classics)，第一卷，1912 年；阿尔贝·福叶拉[2]编。

· 第 12 行：座右铭。博福特公爵亨利[3]的座右铭：*Mutare vel timere sperno*。

· 第 18 行：拉瓦特尔。约翰·卡斯帕尔·拉瓦特尔（1741—1801），一名地相学者。他的体系包括形态学、人类学、解剖学、演剧学和图形学的研究。库尔特·塞利格曼[4]，《魔法之镜》（*The Mirror of Magic*），纽约：万神殿丛书 (Pantheon Books)，1948 年，第 332 页。

**汤姆·福儿在牙买加**

· 第 6 行：骡子和骑师。"Giulio Gomez 6 años"[5] 所作的一幅骡子和骑师，来自一组西班牙学童的绘画。代表一个西班牙共和国筹款委员会征集而得，出售于罗德与泰勒[6]；由路易丝·克兰小姐赠送给我。

---

1. Clitophon，英国诗人、学者西德尼（Philip Sidney）的小说《阿卡迪亚》（*Arcadia*）中的人物。

2. Albert Feuillerat（1874—1952），法国学者。

3. Henry, Duke of Beaufort（1629—1700），威尔士政治家。

4. Kurt Seligmann（1900—1962），瑞士裔美国画家。

5. 西班牙语："朱里奥·戈麦兹 6 岁"。

6. Lord and Taylor，美国奢侈品百货商店。

- 第 8—9 行："有一种被湮没的豪迈……"大卫·C. 西普利（David C. Shipley）教士，1952 年 7 月 20 日。

- 第 9 行：*Sentir avec ardeur*。布伏勒夫人——玛丽-弗朗索瓦斯-凯瑟琳·德·布弗，布伏勒女侯爵（1711—1786）作。见方志澎博士注，诠释陆机[1]的《文赋》（公元 261—303）——他的"文学之赋（Rhymeprose on Literature）"（"赋"来自德国中世纪专家的"Reimprosa"）："在注释方面，我与卢梭的同时代人一致：'Il faut dire en deux mots/Ce qu'on veut dire[2]'；……但我无法宣称'J'ai réussi[3]'，尤其是因为我打破了布伏勒夫人的禁令（'Il faut éviter l'emploi/Du moi，du moi.[4]'）"《哈佛亚洲研究杂志》（*Harvard Journal of Asiatic Studies*），第 14 卷，第 3 期，1951 年 12 月，第 529 页，修订版，《新墨西哥州季刊》（*New Mexico Quarterly*），1952 年 9 月。

旋律：*Sentir avec ardeur*

Il faut dire en deux mots

Ce qu'on veut dire；

Les long propos

Sont sots.


Il faut savoir lire

Avant que d'écrire，

Et puis dire en deux mots

Ce qu'on veut dire.

Les long propos

Sont sots.


Il ne faut pas toujours conter，

Citer，

Dater，

Mais écouter.

---

1. Lu Chi，中国西晋作家、文学批评家。
2. 法语："一定要两个词言说/想说的东西"。
3. 法语："我成功了"。
4. 法语："要避免使用/我，我。"

Il faut éviter l'emploi

Du moi, du moi,

Voici pourquoi:


Il est tyrannique,

Trop académique;

L'ennui, l'ennui

Marche avec lui.

Je me conduis toujours ainsi

Ici,

Aussi

J'ai réussi.


Il faut dire en deux mots

Ce qu'on veut dire;

Les long propos

Sont sots. [1]

· 第 13 行：阿特金森大师。我一天早上（1952 年 3 月 3 日）打开《纽约时报》，一个亚瑟·戴利[2]写泰德·阿特金森和汤姆·福儿的专栏令我着迷。问他对希尔·盖尔[3]的看法，泰德·阿特金森说，"他是一匹真正的好马，……真的好"，并停顿了片刻。"但我认为他仅次于汤姆·福儿……我更喜欢汤姆·福儿……他作出更持久的努力并且次数更多。"在被提醒传票[4]在一场竞赛中可以作八到十次冲刺的时候，"就是这样"，泰德充满激情地说。"这是一个冠军的标志，冲刺 100 码，减速然后再冲刺 100 码，无论何时需要都送出那额外的爆发。据我对汤姆·福儿的所见，我称他为一匹'好骑的马'。"他提到了另外两匹。"它们

---

1. 法语："《怀着激情去感觉》//一定要两个词言说/想说的东西；/长篇大论/很蠢。//必须先会读/再去写，/然后用两个词言说/想说的东西。/长篇大论/很蠢。//别总是讲述，/摘引，/追溯，/而要听。/要避免使用/我，我，/这就是为什么：//它专横，/太学院派；/无聊，无聊/与它同行。/我总是如此行事/在这里，/而且/我成功了。//必须要用两个词言说/想说的东西；/长篇大论/很蠢。"
2. Arthur Daley（1904—1974），美国体育记者。
3. Hill Gail（1949—1968），美国良种赛马。
4. Citation（1945—1970），美国良种赛马。

只有一种跑法。但汤姆·福儿……"然后我看到了一幅汤姆·福儿与马鞍上的泰德·阿特金森的照片（《纽约时报》，1952 年 4 月 1 日）而感到我必须向他小小地致敬一下；沉迷了一会儿然后意识到我刚刚获得了青年为更好明天联合会（Youth United for a Better Tomorrow）的一个奖项，其实有些担心。我谴责赌博也从未看过一场赛马。然后在 1952 年 7 月 24 日的《时代》上，我看见Joseph C. 尼科尔斯的一个专栏写到弗雷德里克·卡波塞拉，贝尔蒙特公园[1]的播报员，他在接受采访时说："紧张？不，我从不紧张……我会告诉你激烈的地方。贝尔蒙特公园的直道，在那里有多达二十八匹马从四分之三英里外的一点向你狂奔而来。不过尽在我的掌控，怎么不行？我很放松，我有把握而且我不赌。"

在一个续篇，亚瑟·戴利所作"金钱不是一切（Money Isn't Everything）"（《纽约时报》，1955 年 3 月 1 日）中："'良种马有一种持久的魅力，'泰德说，'……它们跟人那么相似……我的初恋是红干草（Red Hay）……一个勇敢的小家伙……他总是奋力一搏，总是尽其所能。'［戴利先生：'同样的描述也适用于阿特金森。'］'有魔鬼潜鸟[2]，……母马雪雁（Snow Goose）。我大爱的一匹……开跑很麻烦……可是一旦她甩开大步……你可以用鞋带当缰绳来骑她……然后还有科尔顿[3]……当然还有别的，但我从没见过有哪一匹可以比得上汤姆·福儿，我最爱中的最爱。他是所有之中最有个性的……只须看他就点燃了火花。他有一颗聪明的脑袋，一副聪明的外表，最重要的是，他的确聪明。他有温柔的眼睛，一道宽宽的额头和——哎呀，我听上去像是一个害相思病的男孩。但我觉得他有我曾经见过的任何马匹当中最英俊的脸。他是一匹伟大的马，但我喜欢他的程度比不上喜欢他身为他自己取得的成就。'说完这些活力充沛的西奥多大师（Master Theodore）便将号码牌固定在他的右肩上朝围场走去了。"

· 第 14—15 行："机会是一种令人惋惜的不纯粹。"《易经》即《变易之书》（Book of Changes），理查德·威廉[4]和凯莉·拜恩斯[5]译，博林根书系（Bollingen Series）XIX，纽约：万神殿丛书，1950 年。

· 第 29 行：法茨·沃勒。托马斯·沃勒，"一个千变万化的爵士人物"，死于 1943

---

1. Belmont Park，纽约艾尔蒙特（Elmont）地区的赛马场。
2. Devil Diver（1939—1961），美国良种赛马。
3. Coaltown（1945—1965），美国良种赛马。
4. Richard Wilhelm（1873—1930），德国汉学家、神学家、传教士、汉名"卫礼贤"。
5. Cary Baynes（1883—1977），英国学者、翻译家。

年。见《纽约时报》，文章与理查德·塔克[1]（图）照片，1952 年 3 月 16 日。

· 第 31 行：欧西·史密斯。奥斯本·史密斯（Osborne Smith），一个为伊安·雨果[2]的《艾-叶》[3]即兴创作音乐的黑人歌手和鼓手。

· 第 31 行：乌比·布莱克。《曳步而行》[4]的黑人钢琴家。

## 人们织起的意大利之网

· 第 1 和第 2 节大部分引自一篇米切尔·戈德曼的文章，"意大利为游客而办的节日与市集（Festivals and Fairs for the Tourist in Italy）"，《纽约时报》，1954 年 4 月 18 日。

· 第 12 行："将迷人的宝石分割的源泉。""猴子与豹子（The Monkey and the Leopard）"，第九卷，寓言 III，《拉封丹寓言》（维京书局，1954 年）。

## 埃斯库拉庇俄斯之杖

布鲁克林格雷斯诊所（Grace's Clinic）的格雷斯博士，哀叹对医院的需求并说我在暗示这一点，但医院服务对我自己和我珍视的其他人的介入，需要训练有素的技能，为我的忠诚作出了辩解。

· 第 11 行：《时代》（Time），1954 年 3 月 29 日，关于索尔克疫苗[5]的文章。

· 第 17—20 行：选择性的伤害针对癌细胞……斯洛安-凯特林癌症研究中心（Sloan-Kettering Institute for Cancer Research），《进度报告七》（Progress Report VII），1954 年 6 月；第 20—21 页。

· 第 22—25 行：对于植入的海绵体。艾博特实验室（Abbott Laboratories），"外科手术中的塑料海绵植入（Plastic Sponge Implants in Surgery）"，《最新情报》（What's New），第 186 号，1954 年圣诞节。

## 西克莫

· 第 15—16 行：九根雌骆驼毛。伊玛米，伊朗细密画家，"用一支以一头新生雌骆驼身上的九根毛制成的毛笔和一支削到针尖般细的铅笔作画……他被已故的

---

1. Richard Tucker（1913—1975），美国歌剧男高音。

2. Ian Hugo（1898—1985），雕刻家、电影制作人。

3. Ai-Yé，1950 年的实验电影。

4. Shuffle Along，1921 年的百老汇音乐剧。

5. Salk vaccine，以美国病毒学家索尔克（Jonas Edward Salk，1914—1995）命名的脊髓灰质炎灭活疫苗。

礼萨沙[1]授勋两次；一次为他的细密画，一次为他的挂毯。"《纽约时报》，1954
年 3 月 5 日。

## 迷迭香

· 第 17 行："有一种哑然的语言。"托马斯·莫尔爵士[2]。

根据一个西班牙传说，迷迭香的花朵——原本是白的——会变蓝，在圣母玛利亚
逃往埃及路上休憩，将斗篷扔到一片迷迭香花丛上的时候。剑桥大学三一学院图
书馆（Trinity College Library）有一部埃诺的菲利帕王后[3]之母寄给她的手稿，由
"萨勒诺学院[4]的一名文书抄写"并由"丹伊尔·班恩（danyel bain）"翻译。手
稿全篇盛赞迷迭香的美德，后者，据说，永远不会长得比基督的高度更高；三十
三年后此植物的宽度仍会增加但高度则不然。见"芬芳悦人的迷迭香（Rosemary
of Plesant Savour）"，埃林诺尔·辛克莱·罗德[5]作，《观察者》，1930 年 7 月
7 日。

## 风格

· 第 8 行：狄克·伯顿。见照片，《纽约时报》，1956 年 1 月 2 日。
· 第 10 行：埃切巴斯特。皮埃尔·埃切巴斯特，一名第一次世界大战中的机枪
  手；在柳条杓（回力球）、平木拍和徒手赛中均为法国冠军。他于 1922 年开始
  参与室内网球，1928 年获得美国冠军，并于 1954 年退役。（《纽约时报》，1954
  年 2 月 13 日和 1955 年 2 月 24 日。）《纽约时报》，1956 年 1 月 19 日："皮埃
  尔·埃切巴斯特，引退的世界冠军，和弗雷德里克·S. 莫斯利[6]昨天在墙网球
  俱乐部（Racquet and Tennis Club）赢得了职业-业余障碍室内网球锦标赛……
  比分为 5—6，6—5，6—5。俱乐部主席莫斯利以一记铁路爱司球获得了比赛的
  最后一分。约翰逊（Johnson）和麦克林托克（McClintock）在这最后一局里曾
  由 3—5 追至 5 平。"
· 第 10 行：索莱达德。曾在美国跳舞，1950—1951 年。

---

1. Reza Shah（1878—1944），1925 年至 19451 年的伊朗君主。
2. Thomas More（1478—1535），英国社会哲学家、作家、政治家。
3. Queen Philippa of Hainault（约 1310/1315—1369），英格兰国王爱德华三世的
   王后。
4. School of Salerno，位于意大利南部萨勒诺市的中世纪医学院。
5. Eleanour Sinclair Rohde（1881—1950），英国园艺历史学家。
6. Frederick Strong Moseley（1903—1972），美国金融家、实业家。

· 第 27 行：罗萨里奥。罗萨里奥·埃斯库德罗，文森特·埃斯库德罗的同伴之一，但跟他没有亲戚关系。

## 逻辑与"魔笛"

魔笛。NBC 歌剧院的彩色电视播放，1956 年 1 月 15 日。

· 第 11 行：珍贵的绮蛳螺。名。［荷. *wenteltrap* 一道旋梯；比照　德. *wendeltreppe*。］海蛳螺属的 *E. pretiosa* 的壳。——《韦伯斯特新国际辞典》（*Webster's New International Dictionary*）。

· 第 23—24 行："爱是什么……"《恋爱中的魔鬼》（*Demon in Love*），霍瑞肖·科洛尼[1]作，马萨诸塞州剑桥市：汉普郡书局（Hampshire Press），1955 年。
· 第 25 行：驱除怠惰。"驱除怠惰；你已打败了丘比特的弓，"奥维德，《愈爱之法》（*Remedia Amoris*）。

## 有福的是那个

· 第 1—2 行：有福的是那个……诗篇 1：1。
· 第 4 行："典型地毫无节制。"竞选经理对一篇针对艾森豪威尔政府的抨击的评价。

---

1. Horatio Colony（1900—1977），美国小说家、诗人、剧作家。

- 第5行："推诿，避让……"查尔斯·普尔[1]评论詹姆斯·B. 科南特[2]的《学问之要塞》（*The Citadel of Learning*，纽黑文：耶鲁大学出版社）——引用林肯。《纽约时报》，1956年4月7日。
- 第8行：乔尔乔涅的自画像。转载于《生活》（*Life*），1955年10月24日。
- 第11—12行："差异……，""要塞……"詹姆斯·B. 科南特，《学问之要塞》。
- 第13行："承担……的风险"，路易斯·杜德克[3]："诗歌……必须……承担一个决定的风险"；"说出我们的所知，响亮而清晰——如果必须的话还要丑陋——那也比技巧高超而言之无物更好"。"新拉奥孔（The New Laocöon）"，《起源》（*Origin*），1956年冬-春。
- 第14—15行："它是否……""艾森豪威尔总统否决农夫和解案［1956年的农业法案］"，《纽约时报》，1956年4月17日："我们会在对某些作物需求较少的时候生产较多……假如自然资源被浪费在我们不能食用或出售的作物上，所有美国人都会输。"
- 16行：尤利西斯的同伴。"尤利西斯的同伴"，第十二卷，寓言I，《拉封丹寓言》（维京书局，1954年）。
- 第22行：米津（来自 *la mite*[4]，蛾）。无臭，无毒产品，属盖基化学公司科研专家（瑞士）。《纽约时报》，1956年4月7日。
- 第23行："私人谎言……"见第13行注。
- 第27行："显然之物……"希伯来书11：3。

# 哦化作一条龙

## 哦化作一条龙

龙：见次要符号，卷II，《绘画之道》（*The Tao of Painting*），施美美[5]译编，博林根系列49，纽约，万神殿，1956年；现代书库（Modern Library）版，第57页。
- 第1—2行：所罗门的愿望："一颗睿智的心"。列王纪上3：9。

---

1. Charles Poore（1902—1971），美国书评家。
2. James Bryant Conant（1893—1978），美国化学家、外交官。
3. Louis Dudek（1918—2001），加拿大诗人、学者、批评家。
4. 法语："蛾"。
5. Mai-Mai Sze（1909—1992，原名施蕴珍），华裔美国画家、作家。

## 使用中的价值

普利普·拉夫[1]，1956 年 7 月 30 日，在阿尔斯顿·布尔大厅（Alston Burr Hall），马萨诸塞州剑桥，有关小型杂志的哈佛暑期学院会议上，指出《党人评论》（*Partisan Review*）接受的故事的标准为"所表达的观点之成熟，合理，以及相关性"。"一件艺术品必须在其自身基础上进行评价；我们的价值产生于生活的过程之中，不要等待它们在历史中的历史性进展。"见《党人评论》，1956 年秋。

### 阿尔斯通和雷斯先生主场篇

阿尔斯通和雷斯先生：华尔特·阿尔斯通，布鲁克林闪躲者队经理；哈罗德·（小孩）·雷斯，闪躲者队队长。

· 第 1 行："千年盛世和万魔殿在昨日几乎同时抵达了扬基体育场的布鲁克林闪躲者队俱乐部会所。"罗斯科·麦戈文[2]，《纽约时报》，1955 年 10 月 5 日。

· 第 2 行：罗伊·康帕内拉。照片："胜利时刻"，《纽约时报》，1955 年 10 月 5 日。

· 第 4 行：巴齐·巴瓦西。"警察明白他们应该先让球员入场，但布鲁克林官员——沃尔特·欧马利[3]、亚瑟·（红）·帕特森[4]、巴齐·巴瓦西和弗莱斯科·汤普逊[5]——想让写手跟球员一起进。他们觉得，这是一个非同一般的场合，没有人应该被阻挡在外。"罗斯科·麦戈文，《纽约时报》，1955 年 10 月 5 日。E. J. 巴瓦西：闪躲者队的副总裁。威廉·J. 布里奥迪[6]，"康帕内拉重获荣耀（Campanella Gets Comeback Honors）"，《纽约时报》，1955 年 11 月 17 日。

· 第 6 行："你感觉如何……"［乔·科林斯[7]对强尼·波德雷说］："'你成功的秘诀是你学会控制你的慢速投球的方式……'我在世界系列赛的第七场里没怎么用慢速投球，'强尼说，'后景不利。所以我用了一种快速球让它真正跳起来。'……'嘿，强尼，'乔说，'阿莫罗斯成功捕获时你感觉如何？'我走回土

---

1. Philip Rahv（1908—1973），美国文学批评家、散文家。
2. Roscoe Mcgowen（1886—1966），美国体育记者。
3. Walter O'Malley（1903—1979），闪躲者队的所有者。
4. Arthur（Red）Patterson（1909—1992），闪躲者队的经理人。
5. Fresco Thompson（1902—1968），闪躲者队的经理人。
6. William J. Briordy（1913—1966），美国体育记者。
7. Joe Collins（1922—1989），美国职业棒球手。

墩，'波德雷斯说，'我不停地对自己说，一切都变得越来越好。'"亚瑟·戴利，"时代的体育：只须倾听（Sports of the Times: Just Listening）"，《纽约时报》，1955年11月17日。

· 第10行："希望奔涌到永远……"罗斯科·麦戈文，"布鲁克林对阵密尔沃基（Brooklyn against Milwaukee）"，《纽约时报》，1956年7月31日。

· 第11行：8区1排。闪躲者队的伪-乐队[1]坐在第8区，第1排，1至7座，由洛·索里亚诺[2]指挥（他击小军鼓时起立）。"伪-乐队正在忙着排练为布鲁克林所得税征收者准备的一支特别曲调：是'我的全部——何不拿走我的全部？'"威廉·R. 孔克林[3]，"索里亚诺大师为第18个布鲁克林赛季执棒（Maestro Soriano at Baton for 18th Brooklyn Season）"，《纽约时报》，1956年8月12日。

· 第16行："四百英尺……"吉里安以一记推击短打开赛，而一次出局之后杜克·斯奈德将球击出超过400英尺打到右中场的墙根下。吉里安跑回本垒但是在球高高弹进看台的时候不得不回归垒位作二垒安打。"罗斯科·麦戈文，"闪躲者对阵匹兹堡（Dodgers against Pittsburgh）"。杜克·斯奈德"在埃贝茨球场[4]连续四年打出了二十三个本垒打"。约翰·德莱宾格[5]，《纽约时报》，1956年10月1日。

· 第19行："有型胖子。"[一个捕手]："他一天伏身作几百次疲惫的蹲坐，若是连续双赛则加倍。"亚瑟·戴利，"最后关头（At Long Last）"，《纽约时报杂志》，1956年7月9日。

· 第29行：普里切尔·罗的号码。28。布鲁克林备受尊敬的左撇子投手，在1951赛季赢了22场比赛。

· 第42行："他是万能杰克——杰克·皮特勒，闪躲者的首垒教练和拉拉队长。"约瑟夫·希恩[6]，《纽约时报》，1956年9月16日，"闪躲者队将有一个杰克之夜"——两年前一个"有条件"的荣誉：就是捐赠必须给予贝塞尔医院[7]塞缪

---

1. Sym-Phoney，闪躲者乐队（由业余乐手组成）的名字。
2. Lou Soriano（1905—1989），闪躲者乐队的创办者。
3. William R. Conklin（1903—1962），美国记者。
4. Ebbets Field，闪躲者队的主场球场。
5. John Drebinger（1891—1979），美国体育记者。
6. Joseph Sheehan（1926—2016），美国记者。
7. Beth-El Hospital，布鲁克林区的医院，现为布鲁克代尔大学医院（Brookdale University Hospital and Medical Center）。

尔·施特劳斯堡[1]一翼。此"夜"的纪念物：一个（为穷困儿童而设的）杰克·皮特勒儿科游戏室牌匾的复制品。

· 第44行：堂·德米特。中外野手，一名来自得克萨斯州沃思堡[2]的新人。"桑迪·阿莫罗斯砸出一记场内本垒打——是今年在布鲁克林的第三个此类球——而堂·德米特，……击出了他的第一个大联盟本垒打，也是他的第一击，在第八局。"罗斯科·麦戈文，《纽约时报》，1956年9月20日。

· 第45—46行：将他们封杀……卡尔·厄斯金在埃贝茨球场对巨人队的无安打比赛，1956年5月12日。《纽约时报》，1956年5月27日。

## 绰绰有余

在1957年5月13日——北美第一批英国永久定居者登陆詹姆斯敦350周年——三架美国空军超级军刀喷汽机从伦敦直飞至弗吉尼亚。它们是发现号、天赐号和苏珊·康斯坦特号——分别由丘吉尔夫人、惠特尼[3]夫人（约翰·海伊·惠特尼大使的妻子），以及 W. S. 莫里森[4]夫人（下议院议长的妻子）命名。《纽约时报》，1957年5月12日和13日。

殖民者进入切萨皮克湾，距他们新年从英格兰出发差不多四个月，"跳落到陆地上，拥抱它，抓住它，亲吻它，并且，目中泉涌，向上帝致谢……"保罗·格林[5]，"老詹姆斯敦的史诗（The Epic of Old Jamestown）"，《纽约时报杂志》，1957年3月31日。

· 第48行：倘若当下的信念修正部分的证据。查尔斯·皮博迪博士[6]，耶鲁的牧师，1896年，《学院礼拜堂之晨》（Mornings in College Chapel）的作者，说往昔的获取并非获取除非我们在当下将它们完成。

## 密尔希奥·伏尔匹乌斯

"这位伟大的艺术家不仅对我们来说是神秘的，对他自己也是如此。他所感受到的

---

1. Samuel Strausberg（1891—1970），贝塞尔医院的院长。

2. Fort Worth，得克萨斯州北部城市。

3. John Hay Whitney（1904—1982），美国驻英国大使，纽约现代艺术博物馆（Museum of Modern Art）馆长。

4. William Shepherd Morrison（1893—1961），英国政治家。

5. Paul Green（1894—1981），美国剧作家。

6. Charles Peabody，当为弗朗西斯·格林吾德·皮博迪（Francis Greenwood Peabody，1847—1936），美国神学家。

力量的本质对他来说是未知的，然而他却已经得到了它并成功地驾驭了它。"阿尔塞尼·亚历山大[1]，*Malvina Hoffman—Critique and Catalogue*[2]，巴黎：J. E. 普特曼（J. E. Pouterman），1930 年。

· 第 11 行：鼠皮风箱的呼吸。"一个矮树丛里的鸟……那鸟在枝干之间边飞边啼啭。他的肺，像所有自动机身上的一样，由鼠皮打造的细小风箱构成。"丹尼尔·阿兰[3]，*Réalités*[4]，1957 年 4 月，第 58 页。

## 比不上"一枝枯萎的水仙"

· 第 2 行："缓慢，缓慢，新鲜的泉"，本·琼森作，来自《辛西亚的狂宴》（*Cynthia's Revels*）。

· 第 11 行：一件艺术品。艾萨克·奥利弗爵士[5]在菲利普·西德尼爵士的象牙上的细密画。（藏于温莎。）

## 在公共花园里

原题"一个节日（A Festival）"。朗读于波士顿艺术节，1958 年 6 月 15 日。

· 第 11—15 行：法尼尔厅……"在法尼尔厅，……波士顿码头广场附近的市场大厅顶上，劳里·杨（Laurie Young），威克菲尔德[6]金铂与塔顶作业工，涂刷……末道油漆于尖塔顶杆之上，在……给圆顶和那只 204 岁的著名蚱蜢镀金之后。"《基督教科学监督报》（*Christian Science Monitor*），1946 年 9 月 20 日。

· 第 13 行：蚱蜢。"谢姆·德罗恩执事[7]的金属蚱蜢，1749 年被其创作者置于旧法尼尔大厅顶上，……依然仿佛可与它的同类一起跳跃……被认为是伦敦皇家交易所（Royal Exchange）顶上风向标的一个精确复本。"《基督教科学监督报》，1950 年 2 月 16 日，引述《新英格兰匠艺》（*Crafts of New England*），艾伦·

---

1. Arsène Alexander（1859—1937），法国艺术批评家。

2. 法语：《马尔维娜·霍夫曼——批评与目录》。霍夫曼（1885—1966）为美国雕塑家、作家。

3. Daniel Alain（1904—1996），美国艺术家、儿童文学作家。

4. 法语：《真实》。

5. Isaac Oliver（约 1565—1617），英国缩微肖像画家。

6. Wakefield，大波士顿都市区一城镇。

7. Shem Drowne（1683—1774），波士顿铜匠、铁皮工匠，美洲最早的风向标制作者。

H. 伊顿[1]作（纽约：哈珀，1949 年）。

- 第 27 行："愿我的工作为赞颂……"诗篇 23——传统南方曲调，由维吉尔·汤普逊[2]编排。
- 第 38 行："自律。""被艾森豪威尔总统归于克莱门梭[3]的……这一主张，'自由什么也不是……只是自律的机会。'……'而这就意味着你自己为自己布置的工作是值得一做的——不希求回报地做。'"《纽约时报》，1958 年 5 月 6 日。


## 圣尼古拉斯

- 第 3 行：一条变色龙。见《生活》的照片，1958 年 9 月 15 日，并附一封书信来自朵丽丝·M. 考克兰博士[4]，爬虫与两栖类馆长，国家博物馆（National Museum），华盛顿特区。


## 为 2 月 14 日而作

- 第 2 行："某一条……相关法律"引自一首玛格丽特·哈里斯[5]致 M. 摩尔的诗。


## 人文格斗

- 第 29 行：南-艾-族人。南艾族人居住在严寒的苏联北部。
- 第 32 行：一个人。列夫·戈罗瓦诺夫[6]："一场格斗中的两个男孩（Two Boys in a Fight）。"伊戈尔·莫伊塞耶夫[7]导演，莫伊塞耶夫舞蹈公司（Moiseyev Dance Company），纽约，1958 年，由索尔·胡洛克[8]呈现。


## 列奥纳多·达·芬奇的

见《时代》，1959 年 5 月 18 日，第 73 页："圣哲罗姆（Saint Jerome）"，未完成草图，列奥纳多·达·芬奇作，见于梵蒂冈；及《法兰西亲王约翰，贝里公爵的

---

1. Allen Hendershott Eaton（1878—1962），美国作家。
2. Virgil Thomson（1896—1989），美国作曲家、批评家。
3. Georges Clemenceau（1841—1929），法国政治家，第一次世界大战时的法国首相。
4. Doris Mable Cochran（1898—1968），美国爬虫学家。
5. Marguerite Harris（1898/1899—1978），美国诗人。
6. Lev Golovanov（1926—2015），俄国舞蹈家。
7. Igor Moiseyev（1906—2007），俄国编舞家。
8. Sol Hurok（1888—1974），美国演剧策划人。

美好时光》（*The Belles Heures of Jean, Duke of Berry, Prince of France*），詹姆斯·J. 劳里默[1]作序（纽约：大都会艺术博物馆，1958 年）。

# 告诉我，告诉我

## 花岗石与钢铁

见《布鲁克林大桥：事实与符号》（*Brooklyn Bridge：Fact and Symbol*），艾伦·特拉施腾贝格[2]作（纽约：牛津大学出版社，1965 年）。

· 第 7 行：被禁锢的喀耳刻。见迈耶·伯杰[3]所说一位年轻记者的故事（重述于《布鲁克林大桥：事实与符号》之中），他在 1870 年代难以索解地顺着一条钢缆爬到了此桥的曼哈顿塔楼顶上，茫然失措，没法下去，而呼叫求救；直到早上才有人来。

· 第 9 行："哦连枷的弧线。"由一条绳索或钢缆构成的弧线自由垂挂在两个固定的支撑点之间。"最大力量，最大经济，最大安全的工程问题……全都为同一道弧线解决。"约翰·罗布林说。（特拉施腾贝格，第 69 页。）

## 取代里尔琴

应斯图尔特·戴维斯（Stuart Davis），《呼声》[4]社长求诗而写。

· 第 4 行：*Sentir avec ardeur*。作者：布伏勒夫人——玛丽-弗朗索瓦斯-凯瑟琳·德·布弗，布伏勒女侯爵（1711—1786）。见第 284—285 页注。

· 第 11 行：莱文教授。哈里·莱文，"她法国一面的注解（A Note on Her French Aspect）"，第 40 页，《玛丽安·摩尔七十七岁诞辰纪念文集》（*Festschrift for Marianne Moore's Seventy-Seventh Birthday*），T. 坦比木图[5]编（1964 年）。

· 第 14 行：洛厄尔舍书局。指一个洛厄尔舍单行本册子：*Occasionem Cognosce*[6]（1963 年）。

---

1. James Joseph Rorimer（1905—1966），美国大都会艺术博物馆（Metropolitan Museum of Art）馆长。
2. Alan Trachtenberg（1932—  ），美国学者、作家。
3. Meyer Berger（1898—1959），美国记者。
4.《哈佛呼声》。
5. Thurairajah Tambimuttu（1915—1983），英国泰米尔语诗人、批评家、出版家。
6. 拉丁语：《看准时机》。

- 第 17 行：*gratia sum*。比威的章末配图，"从一块岩石上流下的一道潺潺泉水，下面是心形轮廓刻在岩石上面"，第 53 页，《托马斯·比威自撰回忆录》(*Memoir of Thomas Bewick Written by Himself*)，半人马经典（Centaur Classics）。
- 第 27 行：一座桥。《布鲁克林大桥：事实与符号》，艾伦·特拉施腾贝格作（1965 年）。

## 心，难以驾驭的事物

- 第 26 行：泽诺尔美人鱼。见"泽诺尔美人鱼的民谣（The Ballad of the Mermaid of Zennor）"，收于《亲缘》(*Affinities*)，弗尔农·沃特金斯[1]作，纽约，新方向（New Directions），1962 年。

## 梦

缘起于哲罗姆·S. 希普曼在《相遇》(*Encounter*) 1965 年 7 月号中的评论。

## 旧游乐园

布伦丹·吉尔[2]给我的港务局照片。

## 一个权宜之计——列奥纳多·达·芬奇的——和一个疑问

见肯尼思·克拉克爵士[3]：《列奥纳多·达·芬奇：他作为一名艺术家之发展的记述》(*Leonardo da Vinci: An Account of His Development as an Artist*)。"持续的能量。如果万物都持续运动的话就无法用列奥纳多寄托了自己信仰的数学来控制了。"

- 第 21—22 行：自然成为检验。见列奥纳多·达·芬奇的《笔记本》(*Notebooks*)，爱德华·麦柯迪[4]译。
- 第 31—36 行："可悲"……"告诉我究竟有没有任何事情完成了?"亨利·W. 莫斯博士（Henry W. Moss），历史学副教授，纽约大学，在一次讲座中引用列奥纳多·达·芬奇。

---

1. Vernon Watkins（1906—1967），威尔士诗人、翻译家、画家。
2. Brendan Gill（1914—1997），美国作家。
3. Kenneth Clark（1903—1983），英国艺术史学家。
4. Edward MacCurdy（1871—1957），英国诗人、翻译家。

## W. S. 兰道

见海吾洛克·艾理斯[1]对兰道《想象对话集》的导引注释。

## 致一头长颈鹿

恩尼斯·里斯[2]总结《奥德赛》，我觉得，当他发现其中表达了存在的条件性，形而上的安慰时：从罪恶到救赎的旅程。

## 亚瑟·米切尔

米切尔先生在林肯·基尔斯坦[3]和乔治·巴兰钦[4]的纽约市中心音乐戏剧公司（New York City Center's Music and Drama Inc.）上演的《仲夏夜之梦》（*A Midsummer Night's Dream*）中跳了帕克（Puck）的角色。

## 有尤尔·伯连纳的救援

见《生儿育女》（*Bring Forth the Children*），尤尔·伯连纳作，纽约：麦克格劳-希尔（McGraw-Hill），1960 年。

· 第 30 行：《匈牙利交响曲》（*Symphonia Hungarica*）。佐尔坦·科达伊作。

## 卡内基厅：获救

· 第 3—4 行："圣人第欧根尼……""街谈巷议（Talk of the Town），"《纽约客》（*The New Yorker*），1960 年 4 月 9 日。

· 第 13—14 行："帕拉第奥式威严。"吉尔伯特·米尔斯坦[5]，《纽约时报杂志》，1960 年 5 月 22 日。

## 告诉我，告诉我

· 第 9 行：纳尔逊勋爵旋转的钻石玫瑰花结。在怀特霍尔[6]的博物馆内。

· 第 21—22 行："字面意义在我们教育中扮演的角色跟它在任何东西里面曾经扮演过的角色一样小，而我们健康地呼吸不一致并食用和畅饮自相矛盾。"亨利·

---

1. Havelock Ellis（1859—1939），英国优生学家、作家、性学家。

2. Ennis Rees（1925—2009），美国诗人。

3. Lincoln Kirstein（1907—1996），美国作家、艺术鉴赏家、慈善家。

4. George Balanchine（1904—1983），美国芭蕾编舞家。

5. Gilbert Millstein（1916—1999），美国作家。

6. Whitehall，伦敦威斯敏斯特（Westminster）街名，英国主要政府机关所在地。

詹姆斯，《自传：一个小男孩和其他，一个儿子和兄弟的笔记，中年》（*Autobiography*：*A Small Boy and Others*，*Notes of a Son and Brother*，*The Middle Years*），F. W. 杜皮[1]编，纽约：标准（Criterion），1958 年。

## 迄今未结集之作

### 爱在美利坚——

· 第 5 行：米诺滔每年要求一个处女供其吞食。

· 第 6 行：迈达斯，因手指点触成金，在吃或拣起东西时很不方便。

· 第 10—11 行：乌纳穆诺[2]说我们需要的治愈任性青年的药方是"崇高亦即行动"。

· 第 13—15 行：没有厚颜无耻或自大……温斯顿·丘吉尔："谦逊会成就一个人。"

### 提普的老虎

来自一部维多利亚与阿尔伯特博物馆[3]专著"提普的老虎（Tippoo's Tiger）"，米尔德里德·阿切尔[4]作，伦敦：女王陛下文书局（Her Majesty's Stationery Office），1959 年。

见济慈的《帽子与钟》（*The Cap and Bells*）。

"Tippoo"是这个名字在 18 世纪使用的最初形式；"Tipu"是现代的通用形式。

· 第 17—20 行：极大的玩具，一台奇怪的自动机……一只机械老虎"1799 年在塞林伽巴丹[5]被英国人捕获，在提普苏丹，印度南部迈索尔的统治者，战败丧生的时候"。米尔德里德·阿切尔。

· 第 18 行：风琴管。参见"提普风琴的技术特征（Technical Aspects of Tipu's Organ）"，小亨利·威利斯[6]，收于米尔德里德·阿切尔的专著之中。

---

1. Frederick Wilcox Dupee（1904—1979），美国文学批评家、散文家、学者。

2. Miguel de Unamuno（1864—1936），西班牙小说家、诗人、散文家、剧作家、哲学家。

3. Victoria and Albert Museum，1852 年建立的伦敦艺术博物馆。

4. Mildred Archer（1911—2005），英国艺术史学家。

5. Seringapatan，印度南部城市。

6. Henry Willis（1821—1901），英国风琴制作者、风琴演奏家。

**幸而**

· 第 6—8 行：《伊丽莎白时代韵文及其音乐之夜》（*An Evening of Elizabethan Verse and Its Music*）——W. H. 奥登[1]与纽约古乐团；诺亚·格林伯格[2]，导演。《传奇般的表演》（*Legendary Performances*，奥德赛 32160171）。

**"想起卷毛上的一道波浪"**

理查德·托马（Richard Thoma）夫妇的小猫。

**魔术师的隐修所**

让-雅克·勒库（1757—1825）[3]的绘画，《艺术杂志》（*Arts Magazine*），1967—1968 年 12 月／1 月。

· 第 14 行：勒内·马格利特，光的领域（Domain of Lights），1953—1954 年。《纽约时报杂志》，1969 年 1 月 19 日，第 69 页。

## 选自
# 拉封丹寓言

**恋爱中的狮子**

献辞：塞维涅小姐。后为格里南夫人（Mme. Grignan）；塞维涅夫人（Mme. de Sévigné）之女。塞维涅夫人的很多书信是写给她的。

---

1. Wystan Hugh Auden（1907—1973），英国诗人。
2. Noah Greenberg（1919—1966），美国合唱队指挥。
3. Jean-Jacques Lequeu，法国建筑师。

# 译后记

一个译者的话理应被置于书的末尾，以表明这些都是读者可以略过不看的内容，仅仅相当于一个签名，而不像批评或诠释那样要得出什么结论，解决什么疑问，或对阅读产生什么影响。其原因，除了我深知自己的浅陋与无资格以外，也在于我怀疑批评或诠释是否能给欣赏诗歌带来很大的助益。借用玛丽安·摩尔诗歌中的意象来说，我认为每个诗人在写诗时都"化作一条龙"，也就是说，拥有了完全的自由与"天堂之力"，而得以完成一首诗，如同自然或宇宙或别的什么（无论叫什么名字）完成一件造物一样。有什么批评或诠释能够帮助我们欣赏一朵花、一道风景、一只动物身上的斑纹，或一首诗呢？探究它们的原理和构成是创造者或作者（博尔赫斯的"Hacedor"）的事，欣赏则由每个人自己负责，他甚至可以不欣赏。尽管我读过甚至翻译过一些文学批评，但在找到这一信念或借口之后我为自己省去了不少此类阅读的时间，也省去了诠释玛丽安·摩尔诗歌这件麻烦事。

因此以下所述仅仅是我对这部诗集的主观印象，后半段则是一个译者的自我辩护（如果说翻译即是背叛，那么辩护也不会多余）。

在一本写作跨度超过 50 年，风格如此多变，如此难以归纳与穷尽的诗集之中，玛丽安·摩尔的诗歌给我的印象，如果只能提一点，那就是无论玛丽安·摩尔在一首诗中做什么，都是以极度的精确做到的：如同《西克莫》中提及的细密画家伊玛米的笔触，或 19 世纪欧洲版画中表现暗部的平行弧线，细如发丝，排得极密，而互不相交。我感觉这种精确，仅凭这种精确，就为混乱的宇宙带来了一种秩序感。有人以显微镜来形容摩尔对世界的观照，但我更倾向于一种微距的运动镜头，始终以极近景追踪客体而从不失焦（不可思议的是，甚至在呈现巨大的客体时也是如此）。

作为20世纪最伟大的英语诗人之一（我不想用与艾略特、庞德、史蒂文斯、弗罗斯特等等名字同列来显示玛丽安·摩尔的高度，但他们仍不可避免地同时出现在了前面的句子里），摩尔带给我们的显然远远不止精确这一点，几乎所有相关的论述都会全面地列数摩尔诗歌的种种独特性以及它们留给当代诗歌的巨大财富，但我只想谈论我从这些以精确为特征的诗行中得到的东西：技艺，技艺的礼赞，技艺的炫耀。几乎每一首诗的主题都是一种技艺和它的载体，人的技艺，动物、植物、科学、工业、历史、时间、上帝的技艺，它们的精妙奇诡，细致入微，匪夷所思，超凡脱俗，每一件事物都"一层又一层为点触之确定与不紧不慢的切削所展露"，不多不少正是必需的那点文字，收录令人叹为观止的物象，并透视其策略、影响与意义，与我们自身相连接而创造一种全新的、诗的现实。

而这仅仅是硬币的一面，另一面，是摩尔几乎在每一首诗中都引入了罕见的新诗行形式，故意给人突兀之感的韵脚设置，错综复杂的句法和有时极长，有时又只有一个甚至半个词的诗行长度，从而注入一种陌生怪异的节奏，叩击读者的感官，使之保持警醒，并与前述的那一面合成为一种仅为玛丽安·摩尔所有的诗歌体验。

每首诗都是这一过程，亦即技艺的呈现，归根结底是驾驭一种语言——英语的技艺，在我看来，这技艺或许就等同于作为技艺之礼赞的诗歌本身。

翻译无法呈现这种技艺。准确地说是我的翻译未能将其完全呈现出来，而不完全的呈现就是不呈现。——用《人民的环境》中的例子来说，若非完整呈现"一千四百二十页才一英寸"，若仅提页数或仅提厚度，便无法呈现造纸的技艺。——若无法将一行诗的语义、意象、调式、韵律、节奏完整呈现在译文之中，译文便是失败的译文——很抱歉这一整本中没有一页例外。

而我的辩护是用翻译这件事来为我的翻译辩护。像前面谈论诗歌一样，拿照相来比喻翻译我相信也一样贴切，因为照相可以说就是将三维（有正反两面）的物体翻译成二维（仅有一面）的图像而已。如果要在地球上拍摄月亮，我们能做的是提高解析度，将面向我们的那一面以尽可能高的精度呈现出来。就像把一首英语诗变成汉语，我们可以尽可能精确地再现诗行中的语义和语义的节奏、意象和意象的序列、诗行的排列形式和诗行长度，等等。因为这些都是在汉语的地球上，翻译这架照相机可以再现的元素（哪怕再多的所谓"翻译腔"也仍是汉语，或许不是我们习惯的汉语，这一点是好是坏因各人喜好而异，此处不作讨论）。

而月亮的另一面，即诗的声音与韵律，即使有一艘飞船能够绕到英语诗的背面将它拍摄下来，也难以呈现在汉语译文之中——你如何能将月亮的正反两面呈现在同一张相片里？把它们摊开并排，你看到的是两个而不是一个月亮，像阅读一本双语诗集一样。

你可以复制英语诗的韵律设置，高阶的做法是将重音、音步、头韵、尾韵等等一并移植到汉语之中，低阶的做法就是至少要像原诗一样押韵。在我看来这就像把月亮背面的风景 PS 在月亮正面，或者像毕加索那样，把月亮的各个表面打乱拼接在一起：无论哪一种都超出了我的能力和意愿所及。

因此，我只能满足于站在地面上，举起单镜头的相机，将镜头拉长，以尽可能再现玛丽安·摩尔诗歌技艺中我能捕捉到的一面。翻译

本身可以说是全程自动模式，除了勉力压制不可避免的手抖以外，谈不到什么技艺。

陈东飚

2019 年 12 月 20 日

**图书在版编目(CIP)数据**

玛丽安·摩尔诗全集/(美)玛丽安·摩尔著；
陈东飚译.—上海：华东师范大学出版社，2020
　ISBN 978 - 7 - 5760 - 0405 - 2

Ⅰ.①玛…　Ⅱ.①玛…②陈…　Ⅲ.①诗集-美国-现代
Ⅳ.①I712.25

中国版本图书馆 CIP 数据核字(2020)第 077467 号

## 玛丽安·摩尔诗全集

著　　　者　〔美〕玛丽安·摩尔
译　　　者　陈东飚
策划编辑　许　静
责任编辑　陈　斌
审读编辑　李玮慧
责任校对　王丽平
装帧设计　卢晓红

出版发行　华东师范大学出版社
社　　　址　上海市中山北路 3663 号　邮编 200062
网　　　址　www.ecnupress.com.cn
电　　　话　021 - 60821666　行政传真 021 - 62572105
客服电话　021 - 62865537　门市(邮购)电话 021 - 62869887
门市地址　上海市中山北路 3663 号华东师范大学校内先锋路口
网　　　店　http://hdsdcbs.tmall.com

印 刷 者　上海龙腾印务有限公司
开　　　本　889×1194　32 开
印　　　张　12.5
字　　　数　294 千字
版　　　次　2020 年 8 月第 1 版
印　　　次　2021 年 7 月第 2 次
书　　　号　ISBN 978 - 7 - 5760 - 0405 - 2
定　　　价　78.00 元

出 版 人　王　焰

(如发现本版图书有印订质量问题,请寄回本社客服中心调换或电话 021 - 62865537 联系)

上海市版权局著作权合同登记　图字：09 - 2019 - 153